おいしい文藝

ひんやりと、甘味

河出書房新社

ひんやりと、甘味

おいしい文藝

河出書房新社

ひんやりと、甘味　もくじ

ひんやりと、甘味

装幀・装画　野村浩

しろくま綺譚

浅田次郎

暑い！

この調子だとたぶん十月ぐらいまで夏だと思うので、歳時記などてんで無視して書く。

ともかく私は暑さに弱い。夏になると身も心もグッタリとしてしまい、そのくせミエッぱりなので一見そうとは見せないから、真人間になったと噂されるほどである。むろん今さら心を入れ替えるはずはない。暑さとともに無気力になるだけである。

そんな私にも、新連載開始の刻限が迫ってくるのだから酷《むご》い。しかも前年の夏バテに際しては、「構想がまだまとまっていない」というもっともらしい理由をつけて一年先延ばしにしたという経緯もあるので、もうマッタは言えぬのである。

正直のところ、構想なんてとっくの昔にでき上がっている。最初の一行から大団円まで、ペラペラしゃべったっていいくらいである。早い話が、あんまり暑いので字を書く気になれないのであった。

ふつう私は、連載開始直前になるとパドックにおけるサンデーサイレンス産駒のごとく、気合をあらわにする。ほとんどイレコミ状態となる。それも『壬生義士伝』『輪違屋糸里』に続く新選組モノとなれば、祇園祭の宵宮のごとく気合が入って当然なのであるが、妙に落ち着いている私を編集者は怪しんだらしい。そこで、もしや構想がまとまっていないか、あるいはヤル気がないのではあるまいかと疑って、取材旅行に連れ出したのが去る七月末。折しも東京には記録的な暑さがうち続いていた。

ボーッとしたまま降り立ったのは、あろうことか鹿児島空港であった。たとえば取材先が函館ならば、私も気合を甦らせたはずなのであるが、あいにく今回の作品の主な舞台は南国なのであった。

小説の内容に触れることは極力避けよう。ともかく鹿児島空港に到着したとたん、私はあまりの暑さによろめいた。そりゃ東京より赤道に近いのであるから、暑いのは当たり前なのだが、たとえばカラッとしているとか海風がここちよいとか、そういう健康的な暑さを私はイメージしていたのであった。

しかし、全然ちがう。鹿児島の夏と東京の夏はまるでちがう。虎と猫ぐらいちがう。

こういうところに生まれ育った篤姫は、なるほど江戸城の大奥では真夏でも豪奢な着物を重ねて涼しい顔をしていたはずだ、と思った。

獰猛《どうもう》な暑さの中で私が思い描いたものは、けっして連載小説のストーリーではなかった。虎を追い散らす獣といえば、白熊である。

ここで、意味がわからぬほとんどの読者のために説明を加えておく。「虎を追い散らす白熊」という表現を、解説抜きで理解するのは鹿児島県民だけであろうから。

「しろくま」は鹿児島名物のカキ氷で、具材にはパッションフルーツを用い、コッテリと惜しげなく練乳をかけるところからそのように命名されている。全国的にはカップやバー状の「しろくま」が出回っているが、「生しろくま」はまず見かけない。おそらくパッションフルーツと練乳コッテリでは、コストがかかりすぎるのであろう。

実はかくいう私も、カップやバーの「しろくま」しか食したことはなく、そのオリジナルは積年の夢であった。ましてや時は盛夏、記録的な暑さのご当地である。夢を実現する舞台は完璧に用意されていた。

「しろくましろくましろくま……」

香港のタクシー以下に冷やされた車内で、私は呪文のように呟《つぶや》き続けていた。しばしば白昼夢を見、意味不明のうわごとを言う癖のある私を、同行の編集者たちはべつだん怪しまなかった。たぶん「しろくま」は登場人物の名前か何かだと思っていたのであろう。

「しろくましろくましろくま……」

神聖なる取材に際し、ましてや現地に到着したとたん、まさか「しろくまという名物のカキ氷が食いたい」とは言えぬ。こうしてブツブツ呟いていれば、きっとそのうち誰かが私の胸中を察して、「暑いですから、とりあえずしろくまでも食べましょう」と言ってくれるのを、ひそかに期待していたのであった。

「しろくましろくましろくま……」

「いえ、浅田さん。城山は明日の予定です。まずは黎明館、そして尚古集成館《しょうこしゅうせいかん》、仙巌園《せんがんえん》、という順序で回りましょう」

おのれの願望を口に出してはならない。それは品性を疑われるどころか、他者に対して命ずることにもなりかねないからである。しかし「しろくましろくま」の呪文で、彼らが気付くはずはなかった。誰も「しろくま」の意味を知らなかったのである。

ミネラルウォーターやアイスコーヒーが渇きを癒すことはなかった。一途な思いこみ人間である私の「しろくま」を求める気持ちは、時を経るほどにいや増した。

そしてついに、「鹿児島名物しろくま」の幟《のぼり》を発見したのは、島津氏の別邸仙巌園の茶屋であった。

ところが縁台に腰を下ろして「しろくまっ！」と注文しようとしたところ、園内の案内をして下さっていた方が、鹿児島名物のお餅を私の目の前に差し出したのである。ありがたい。きっとこれもうまかろう。しかしまさかこの際、「しろくまも」とは言えぬ。

かくして、到着のこの日に「しろくま」を食う機会は失われた。夕陽に染まる桜島が心なしか「しろくま」に見えたのであるが、まあ明日もあさってもあることだし、と考えたのは、いくらか暑熱もさめたからであろう。ちなみにそのとき、「桜島」の名はたそがれの桜色にちなむのであろうと思った。こうした絶景を日ごと望むことのできる鹿児島市民は幸せである。

翌日は早朝にホテルを出発し、「しろくま」ならぬ城山を見物して、車は熊本へと向かった。よもや、と思った私の悪い予感は的中した。県境を越えてしまうと、「しろくま」は影も形もなくなったのである。「鹿児島名物しろくま」は、「鹿児島限定しろくま」であった。行程は熊本空港から帰京であるから、鹿児島にはもう戻らない。

とうとう私はベソをかきながら、「しろくま、食べたい」と言った。それがどういうものであるか、具体的に説明も加えた。

「そういうことはハッキリ言って下さいよ。まったく、子供みたいなんだから」

と、北関東出身の古株編集者はウンザリとした顔で言った。

「ハイハイ、それじゃ東京に帰ったら探しましょうね。まだ取材があるから、シャンとしてね」

と、札幌出身の顔だけやさしい女性編集者は言った。

明治十年二月、西郷隆盛は三万余の薩摩隼人を募って出陣した。半年に及ぶ激戦を経て故郷の城山に果てたのは、九月二十四日である。発端も経緯も、いまだに謎だらけのこの戦であるが、西郷が千年の武士の時代を、わが身もろともあの世に持ち去ったことはたしかであろう。

この日本史上最後の内戦において、政府軍と薩摩軍の双方に、かつての新選組隊士が加わっていた事実は、あまり知られていない。

正しい氷水

南伸坊

ひいきにしていた氷水屋さんが店をたたんでしまったのは、もう三年前だ。我々（私とツマ）は、せっかくみつけて通いつめた理想の氷水屋を失ってしまったのだった。

理想といっても、そんなにやかましいことをいっているわけではない。もちろん、いいだせば「理想」がないわけじゃない。できれば店の前に、車は走っていないほうがいいし、できれば景色がよくて、たとえば海が見えてたりしたらもっといい。

その店の前はビルの谷間の細い道なのに、抜け道なのか車が無闇に通るし、信号で止まって排気ガスをまき散らす。赤いテレビの上にダンボール箱や、漫画週刊誌なんかが雑然と置かれてあるような、合板のテーブルの脚が、カタカタいうようなそういう店である。

どこが「理想」なのかというと、エアコンがないところだ。

氷水を食べさせるところはいくらもある。氷水屋でなくとも、喫茶店で「氷」の旗を出しているところは沢山あるし甘味屋にも氷水はたいがい置いてある。

しかし、揃いも揃って、それらの店が間違っているのは、ギンギンにクーラーを効かせていることだ。

これは、つまらないもので満腹にしてしまった後に、とっておきのゴチソーを出してくるようなもので愚の骨頂である。

夏のうだるような暑い午後に、汗をだらだらたらしながら、我々は理想の氷水屋に行くのだ。

氷カルピスとか、氷あずきとか、氷すいとかをたのむ。

セミがガシガシ鳴いていて、こんな細い道をダンプが通っていく。

氷水がくると、なるべくこぼさないように、真剣にこれを食べる。そうして食べるうちにどんどん涼しくなってくる。これが楽しいんじゃないか！　これがおいしいんじゃないか！

ところが、クーラーをつけない氷水屋は、全国的に絶滅しようとしている。あるのは間違った氷水屋ばかりである。

昨年の夏、我々は長野県の野沢温泉に、ホネヤスメに行った。帰途、長野駅に向う途中に善光寺に立ち寄ることにしたのはいいが、その日はゲラゲラ笑ってしまうくらいな快晴で、気が狂ってしまいそうに暑いのだった。

「そうか‼」

と我々は思いついた。銀座や新富町に正しい氷水屋がなくなったといって、善光寺の境内に、まっとうな氷水屋の一軒や二軒、ないはずはなかろう。

さらにジリジリと照りつける太陽の下で、我々は氷の旗をたずねて、そこらをのたくりまわったのだった。氷の旗はすぐに見つかるが、みんな間違った氷水屋である。

「なんだ⁉　善光寺にも、正しい氷水屋はないのか⁉」

と声を出してののしったその視線の先に、我々は、眼を疑うほどに正しい理想的な氷水屋をみつけたのだった。

お店には大きな絵入りの看板がかかっていて、軒に背の高いヨシズがめぐらしてある。ヨシズのつくる影というか、スキ間からこぼれる日射しが目に涼しい。

あらゆる戸という戸が開けはなたれていて、まちがいなく、クーラーのクの字も、エアコンのエの字もない。

暗い店内に入ると、といっても入れば中はちゃんと蛍光灯もついていて十分明るいのだが、氷あずき、氷イチゴ、氷メロン、氷レモン、氷カルピス、氷ミルク、氷白玉と、手書きのメニューがズラリと壁に貼りだされている。

中に「今季限定」として「梅甘露」というメニューがあって、これはどうやら、梅酒とその梅の実をスライスしたもので、こしらえたオリジナルの氷水であるらしい。

「理、理想の氷じゃないか!!」

と私は叫んだ。

まるで夢のような出合いであった。絶滅種の正しい氷水屋で、私が長年夢想していた「氷梅酒」のしかも梅の実入り……!! それが実在していたのだった。

もちろん、ものすごく、んまかった!! 感動した!

「よかったね、よかったねえ」

とツマもいってくれた。ツマは氷ミルク（コンデンスミルク使用）を発注して、これもサイコーだったらしい。よかった。

できれば猛暑の日、またあの善光寺の山門脇の、正しい氷水屋に出かけて、あの幻の「梅甘露」が食べたい! と私は思う。

氷を探して何百里

色川武大

むし暑い京都の街で、氷いちごが食べたくなって、それらしい店のショーウインドーをのぞくと、氷の上にアイスクリームや果物の切れはしや白玉などがでこでこに飾ってあるのばかりだ。

「こういうのいらん。もっとシンプルなのがいいな」

というと、連れの川上宗薫未亡人も、

「そう。アイスクリームなんて今食べたくない。あたしが食べたいのは、昔あった氷《こおり》水《すい》」

「いいね、氷水。俺も食べたい」

川上未亡人は私と歩くと親子にまちがわれる。若い未亡人だが、氷水を知っているというのが嬉《うれ》しい。氷水とは、色のついていないガムシロップに氷をかけたもので、シンプル中のシンプルだ。

ところが錦小路から京極の方まで歩いても、全部デコデコの氷ばかり。

「いいんだよ。当世の若い人たちの好みなんだろうから。でも、一軒ぐらい、昔のままのをやってる店があってもよさそうなもんだな」

私たちは意地になって、新京極から四条通り、木屋町の方まで歩いたが、みつからない。私もものにこだわるたちだが、川上未亡人も相当に意地張りで、みつかるまで、どこまでも歩くという。

すでに喉はからからで、汗も出つくしてしまっている。

「デコデコしないと値段を高く売れないんだな」

「若い人たちはかわいそうねえ。昔のような氷が食べられないなんて」

「でも若い人たちは、アメリカ資本の店でフラッペ風な飲み物に群がってるんだろう。氷なんてどうせ時代おくれなんだから、昔風にしておいてくれればいいのになァ」

私たちは砂漠でオアシスを求めるアラブ人のようになっていた。ソフトクリームや、アイスキャンデーや、デコデコ氷なら、数軒おきに店がある。けれども今さらそんな店に入れない。

不思議なもので、アイスクリームが今は仇敵のように見える。

「氷イチゴにね、ラムネをかけると、ピリッとしてうまいんだ」

「氷白玉というのもあったわね。白玉が食べたくなっちゃった」

「南国の街に行くとね、たとえば鹿児島とか、高知とか、氷屋のタネ物の種類がものすごく多いんだ。嬉しくて片っ端からそれを食いたくなる」

といっているうちに、ついに一軒みつけた。四条通りの高島屋の附近で、〝竜庵〟という地下の小綺麗な店。

身をのめらせて氷を食いたい衝動を押さえて、落ちつきはらってメニューを眺める。氷イチゴ、氷レモン、氷メロン、シンプルなのが並んでいて、氷金時、氷宇治金時なんてのもある。氷金時は東京でいう氷あずきのことだ。

川上未亡人が突然いった。

「氷金時に白玉を入れてください」

「ああ、それじゃ俺も同じものを」

やがて運ばれてきたのは、氷の山の上にアイスクリームみたいに丸く固めたあずきと、白玉がデコデコに乗っている奴だった。

「なんだ、これならどこにでもあったな」

「あたしは下にあずきと白玉があって、それに氷がかかってるのを想像してたの」

食べ物のこだわりというのは不思議なもので、今の今までシンプルな氷に気持がとぐろを巻いていたのに、店に入って坐った一瞬、こういうことになる。

しかし氷のけずり方もうすくなめらかだし、甘みも適当でうまい。上か下かということもかきまぜてしまえば、同じともいえる。

「ええとね、氷イチゴをもう一つください」

といったら川上未亡人が、お、なかなかやるな、という顔をした。

「あたしね、子供の頃食べたアズキアイスというのを食べたい。京都にはあんまり無いみたいよ」

「俺はね、大阪にある〝北極〟というチェーンの、昔ふうのアイスキャンデーを歩きながらかじりたい」

といっていたら、本当にその晩、サントリーミステリー大賞の新鋭作家黒川博行さんの羽曳野《はびきの》の家に泊ってしまって、翌日黒川夫妻とも連れ立って、南の盛り場に行った。そうして〝北極〟の本店でまた氷を食べた。

「このお方はね——」と未亡人がいう。

「昨日、京都で氷のお代りをしたのよ」

「氷というのはね、いくら食べても喉の渇きがとまらないんだ。食べはじめるときりがない。やめられなくて昔苦しんだことがある」

「氷中毒というのがあるかしら」

「あるみたいだよ。知人の女性で、会ってる間じゅうカリカリといい音させて氷をかじってる人がいる」

ところで、川上未亡人のいうアズキアイスというものを、黒川夫妻は知らなかった。それはどういうものか、という質問を受ける。

「ミルクの代りにアズキが入っていて、うす赤く染まってる。アイスクリームのお赤飯みたいなもので、安いんだ」

「そう、入れ物に山てこに盛ってあって食べきれないほどあるような感じで、嬉しいの」

と説明しても、食べ物だけは食べてみないと要領をえない。〝北極〟のアイスキャンデーをしゃぶりながら、南の盛り場を歩いたが、ついに見かけず、新世界のジャンジャン横丁、あそこならばあるかもしれないということになった。

新世界は昔、私も馴染んでいたところで、それからも何年に一度くらいのわりで来ているけれど、変らないようで、どこか微妙に変っている。

アズキアイスは発見できなかったが、これも昔なつかしい串カツの店に入ってビールを呑む。猛烈に安い串カツとフライと土手焼きと、ひとつひとつに川上未亡人が感動の声をあげる。

「あたし、近くに住んでたら、毎日ここに来ちゃうわ」

大阪駅（梅田）の構内に立食いの串カツ屋があって、揚げたての肉だの野菜だののフライを、四角い箱に入ったソースにブシュッとつけて、食いだすとやっぱりきりがなくなって、腹一杯になるまで食ってしまう。ところが最近、この種の店は、ホルモンの土手焼きやタコ焼きの店に追われて、盛り場でもあまり見かけなくなっているようだ。

川上未亡人を感動させた六十円の串カツは、あれは何の肉かな、という話になった。

「犬、じゃないかな」

「いや、そこまではどうかな。馬、だろう」

「とにかく牛じゃないね」

「なんでもいいわよ。おいしければ」

川上未亡人は食い魔が昂じて、京都で官休庵《かんきゅうあん》流の懐石料理を習っている。月に一回、東京に来てヴェトナムの人にヴェトナム料理も習っている。一日じゅう、食べることを考えているといううらやましい人で、けれどもアズキアイスやジャンジャン横丁の串カツは学校で伝授しないだろうから、永久に作るより食べる側に居るような気がする。

マンゴープリンの放浪者

馳星周

数年前までは頻繁に香港に行っていた。多いときで年に四回は行っていただろうか。街の中心部なら目を閉じていたって行きたいところへ行けるほどだった。

しかし、初めての香港旅行はわたしの意思とはあまり関係がないものだった。行きつけの酒場の飲み仲間たちが香港旅行を計画し、それに誘われたのだ。特に予定があるわけでもなく、まあ行ってみるかというぐらいの気持ちだった。

そのころのわたしはまだ二十代の前半で、とんでもない飲んべえだった。生活のすべては夜、酒を飲むことに注《つ》ぎ込《こ》まれていた。働くのも飲み代を稼ぐためだ。食事に金を使うぐらいなら酒を飲んでいたくて、一日一食。がりがりに痩せていた。夜な夜な歌舞伎町に出没しては朝まで飲んだくれていた。

だから、甘いものは大嫌いだった。しかし、初めての香港でわたしの甘いもの嫌いが劇的な変化を遂げた。

あれは滞在二日目だったか、三日目だったか、みんなでセントラルという地区の広東料理レストランへ行った。紹興酒を飲みまくり、美味しい料理を食べまくり、すべての料理を平らげたところで、他の連中はスイーツのメニューと睨《にら》めっこをはじめた。わたしはひとりで残りの紹興酒を飲んでいた。

「おまえ、デザート頼まないの？」

仲間のひとりが言った。

「おれが甘いの嫌いなの知ってるでしょ」

「でも、せっかく香港に来たんだぞ。なにか食べてみろよ。驚くほど美味しいかもしれないじゃないか。もし、一口食べてやっぱりだめだったら、残りはおれが食ってやるから」

なるほどそれは一理あると思い、わたしもデザートのメニューを受け取った。杏仁《あんにん》豆腐《どうふ》にゴマ団子《だんご》、季節のフルーツの盛り合わせ——どれも食指が動かない。

しかし、そこに「マンゴープリン」という文字を見つけた（メニューは漢字と英語表記だったのだが）。

今でこそ日本でもポピュラーなスイーツだが、当時はだれもそんなものの存在を知らなかった。食べたことのないものを食べてみよう——わたしはマンゴープリンを注文した。

　運ばれてきたのは陶器の器。中にはオレンジ色につやつや光るマンゴーのプリン。

　一口食べて、わたしは唸った。

「う、うまい……」

　果肉の塊が入っているわけではない。プリンの生地にマンゴーのエキスが溶け込んだタイプのものだった。ほどよい弾力のプリンを口に放り込むと、マンゴーの酸味と甘さが広がり、ついでプリンのこくがそれらを覆っていく。香りが鼻に抜けていく。味、歯応え、香り、すべてが絶妙なバランスを保っているのだ。

「この世にこんなに美味しいデザートがあったのか！」

　酔ったわたしは立ち上がり、テーブルを叩いた。立ったままマンゴープリンを貪り食った。

　友人の忠告に従ったおかげで、わたしの目の前には新しい世界が広がったのだ。食わず嫌いはやめよう。甘かろうが辛かろうが、地元の人が美味しいと言うものは必ず口に入れてみよう。わたしはそう決心した。

　翌年の同じ時期、我々はほぼ同じメンバーで再び香港に渡った。初日の晩餐《ばんさん》はわたしの希望であの絶品マンゴープリンのレストランにしてもらった。

せっかくの晩餐だが、食事中は気もそぞろ。酒も極力セーブした。あのマンゴープリンを心の底から味わってみたかったのだ。なけなしの金を旅費にして再び香港に来たのは、この店のマンゴープリンをもう一度食べたい、ただそれだけの理由だったと言っても過言ではない。

食事が終わるや否や、わたしはマンゴープリンを注文した。すぐに、一年前と同じように陶器の器が運ばれてきた。心臓の高鳴りが止まらない。

マンゴープリンの香りを嗅ぎ、スプーンで一すくい。口の中に放り込む。味わうようにゆっくり噛む。

ん？

なにかが違う。前回は滑らかだった口当たりだが、ざらつきを感じる。マンゴーの味も濃すぎる。これではマンゴープリンではなくマンゴーを食べているようなものではないか。

疑問符が頭の中で渦巻いた。記憶は美化されるというが、これだろうか？　本当はこの程度の味だったものが、記憶の中で美化されていったのだろうか？

いいや――わたしは首を振った。わたしが衝撃を受けたマンゴープリンは断じてこんなものではない。こんなものであっていいはずがない!!

わたしは思い切って店員に拙《つたな》い英語で訊ねてみた。

「このマンゴープリン、去年のとは味が違うみたいだけど」

「デザートのシェフが他の店に引き抜かれたんです。それで、味が変わりました」

「なんですとー?」

わたしは間違ってはいなかった。今食べたのはあの至高のマンゴープリンとは似ても似つかぬものだったのだ。わたしは必死で店員に食い下がり、デザートのシェフを引き抜いたという店の名を聞いた。店員は知らないと言う。

ならば、社長でもなんでもいい、知っている人間に聞いてきてくれ。わたしは貧乏な日本人だ。いつも金がなくて困っている。それでも香港にやって来たのは、去年食べた、この店のあのマンゴープリンが食べたかったからなのだ!!

わたしの力説が通じたのか、店員はちょっと待てと言ってテーブルから離れていった。だが、わたしの期待は虚《むな》しく裏切られた。戻ってきた店員が首を振ったのだ。

「他の店に客を取られるかもしれないのに、そんなこと教えられないと店長が言っています」

嗚呼《ああ》、香港的リアリズム。その壁に、わたしの熱意はいとも簡単に撥《は》ね返されてしまったのだった。しかし、それで潰えてしまうほどわたしのマンゴープリンへの思いは軽くはなかった。

よろしい。ならば自力であのマンゴープリンを探してやろう。香港にいったい何軒のレストランがあるのか知らないが、ひとつひとつ虱潰《しらみつぶ》しにしてあのマンゴープリンを見つけてやるのだ。

以来、わたしは香港に行くたびに、朝昼晩、食事の後に必ずマンゴープリンを食べた。マンゴープリンがメニューにない店はどれだけ旨いという評判があろうが敬遠した。とにかく、マンゴープリンがすべてなのだ。

あの味とは違うが美味しいマンゴープリンを出す店はいくつも見つけた。だが、あのマンゴープリンの味だけが見つからない。

いつしか、わたしと香港へ行く友人、香港在住の友人たちはわたしのことを「マンゴープリンの放浪者」と呼ぶようになった。わたしがマンゴープリンを頼むたびに顔をしかめるようになった。

あのマンゴープリンは何処《いずこ》？　いまだに見つけることができないでいる。

三口の快楽

阿川佐和子

突発的にアイスクリームを食べたくなることがある。元来さほどアイスクリームに興味があるわけではないので、頻繁に食べたいとは思わないけれど、何かの拍子に、「そうだ、アイスクリームを食べよう！」と思い立つ。

先日、久々にそう思った。どうも身体がだるい。おでこに手を当てると少し熱があるようにも思われる。風邪を引いたのかしら。

そう思ったとたん、労働意欲が減退し、身体の動きが緩慢になる。ああ、なんかスッキリしないなあ。どうすればいいだろう……と、考えて、思い出した。

「そうだ、アイスクリームがあったはずだ」

冷凍庫を開けると、はたしてずいぶん以前に買って、食べ残したカップアイスクリームが二つ見つかった。ヘーゼルナッツとバニラ。カチンカチンに凍っていて、カップのまわりに氷がこびりついている。よしよし、これこれ。

私は二つのカップをテーブルに並べ、食器棚からガラスの器を取り出す。十センチほどの高台がついたもので、上部の皿の縁には赤い色が染め付けてある。ちょっとアンティークなデザインのその器は、もともと伯母の持ち物だった。

「あら、かわいい。これ、どうしたの？」

伯母の家の戸棚で見つけたら、

「どこで買ったんだったかしら。ずいぶん昔のものでしょ。欲しかったら持っていきなさい」

こうして私は九十歳を過ぎた伯母の思い出のかけらを二つだけ分捕《ぶんど》って、家に持ち帰った。持ち帰ったものの、使うチャンスに恵まれず、まだ食卓に登場させていない。いよいよアイスクリームデビューだ。

表面の氷が水滴に変わりつつあるアイスクリームのカップの隣に、ガラスの器とスプーンを置く。そして私は椅子に座って、頬杖をつく。

ときどきスプーンでアイスクリームカップの上を叩いてみる。カチンカチン。高らかな音がする。まだ早いか。

子供の頃からアイスクリームに執着が薄かった。が、そのぶん、好きな味のアイスクリームに出合うとうれしかった覚えがある。

あれはたしかホテルの喫茶室だったと記憶する。広島から上京した伯父に会うため、母と一緒に滞在先のホテルへ行った。

「お茶でも飲もうか。サワコは何がいい？　アイスクリームか？」

私の返事を待つまでもなく伯父が注文し、出てきたアイスクリームは、高台のついた銀の皿に丸く品良く盛られていた。それまで食べたことのある真っ白いバニラアイスクリームとは違い、優しいタマゴ色をしていて、横にはウエハースが一枚、上には赤いドロンとしたシロップがかかっている。

アイスクリームって、そんなに好きじゃないんだけどと、内心、期待せずに一口食べて、驚いた。

うわ、これはおいしい！　かすかにシャリシャリしていて、色だけでなく本当にタマゴの味がする。

その日以来、私の憧れのアイスクリームの条件は、タマゴ色、シャリシャリ、赤いシロップとウエハース付き。できれば銀の高台のついた食器に盛られ、スプーンは真ん中のくびれた瓢簞《ひょうたん》型のものを使いたい、と決まった。

解凍中のアイスクリームの蓋を開けてみる。だいぶ溶けてきた。カップの縁に沿ったあたりがやわらかくなっている。しかしまだ芯の部分は堅く、お皿に移すほどのやわらかさにはなっていない。

そういえば、とここでもう一つ、思い出す。たしか以前、他人様にいただいたスティック状のお煎餅があったはずだ。あれをウエハース代わりに添えてみようかしら。台所のお菓子の棚から、まだ封を切っていないお煎餅を取り出す。ビニール袋をちぎり、一つかじってみる。ほうほう、淡い甘さとシャキッとした食感が、いいではないの。

さて、そろそろ溶けた頃だろう。カップからスプーン（瓢箪型は持っていないので普通のスプーンで妥協する）でひとすくいし、待機させておいたガラスの器にトポンと落とす。続いてスティック煎餅を左手に持ち、右手でアイスクリームを小さくすくって煎餅に載せ、流れ落ちる前に、急いで口へ放り込む。

うーん、なかなか合うね。シャキシャキとした煎餅が冷たくなめらかなアイスクリームと絡み合いながら、口のなかでみるみる溶けて、喉へ流れ落ちていく。

それを三回繰り返すと、お煎餅が一本なくなった。器には、まだアイスクリームが残っている。

子供の頃、できればもう一枚、ウエハースを欲しいと思ったものだ。でも今や、お煎餅はたくさんある。いくらでもおかわりができる。そう思うとたちまち有り難みが薄れる。

阿川佐和子

二本目のお煎餅を手に取りかけて、突如変節、私は立ち上がった。そして、もはや表面が溶け出したアイスクリームカップに蓋をして、再び冷凍庫にしまう。

冷え切った舌を生暖かい外気に晒《さら》し、私は思った。私にとって、アイスクリームはほんの三口、ウエハース一枚分にかぎる。

スイカシェイクとひろみちゃん

江國香織

五年前の夏、私はおそうめんに焦《こ》がれていた。あのつめたさに、あの特別の匂いに。庭からとってくるしその葉の緑に、うす紫のみょうがの、花のような形に、そしておろし金ですったばかりの、しょうがのすがすがしさに――。五年前の夏、私はニューアークという町にいた。

だいたい、私は夏の食べ物が好きなのだ。おそうめんだとか、冷や奴だとかかき氷だとか。もちろんなつかしさからなどではない。スペインに行った時もガスパーチョという夏のスープ（野菜をどっさり使う、さっぱりした冷たいスープ。お酢とガーリックの味がする）が好きだったし、アメリカの夏の定番であるレモネードも、毎日浴びるように飲んでいた。なつかしさからではなく、ひろく夏の食べ物が好きなのだ。

江國香織

夏の夕方が好きだし夏の花も好きなので、たぶん私は夏に死ぬのだと思う。たしか太宰の小説に、そういう描写があった。夏の花の好きな人は夏に死ぬ、と。

話を夏の食べ物に戻す。五年前の夏、私はおそうめんに焦がれていて、しかしそれは叶わぬ願いだったので、レモネードとスイカシェイクばかり飲んでいた。スイカシェイク、というのは私がニューアークで出会った一番おいしい飲み物で、フレンドリーズという、少々気恥かしい名前の店でだけ飲めた。初夏から夏にかけてだけでる色鮮やかな（濃いピンクと赤の中間のような色をした）飲み物で、その派手な色あいとうらはらに、ぼんやりとあいまいな味がした。甘みもうすく、瓜科特有の水っぽい匂いがどこか哀しくて、私は一ぺんで気に入ってしまった。そして、夏じゅうフレンドリーズに通ってスイカシェイクを飲んだ。少々あかるすぎるその店の、窓際のテーブルでぼんやりと、外の景色をいつまでも眺めた。埃っぽい夏の道。

フレンドリーズについて書き、スイカシェイクについて書いたら、どうしてもひろみちゃんについて書かなくてはならない。ひろみちゃんは私より二つ年下で、それなのに私のお姉さんみたいなひとだった。初めて会ったときからずっと。にぎやかで孤独で元気で、ネイティブみたいな英語を話した。ひろみちゃんは背が高く、一人で何でもできた。そして、やっぱりスイカシェイクが好きだった。

スイカシェイクが好き、というだけで、私たちはお互いが似た者同士なのだとわかった。スイカシェイクというのは、そういう性質の飲み物なのだ。

ひろみちゃんは水色の自転車に乗っていた。どこに行くにもそれに乗って行ったし、その水色は、ひろみちゃんによく似合った。私が間借りしている自分の部屋（それは二階で、白い木枠の、古い形の窓ガラスが嵌《は》まっていた）でぼんやりしていると、よく大きな声がきこえた。

「かおりちゃーん」

とか、

「あそぼーっ」

とか。あわてて窓にかけよると、自転車にまたがったひろみちゃんが、日ざしの中で手をふっていた。思いきり笑った顔で。

それは不思議な関係だった。私たちは二人とも日本からそこに行っていたのだけれど、日本でのことはほとんど何も話さなかったので、背景を持っていない者同士としてそこにいた。お互いがお互いを、物語の中の人みたいに思っていたのだ。たぶん、どちらも半分意識的に。

私は今日本にいて、好きなだけおそうめんを食べている。でもおそうめんに焦がれていたあの時の私は、今もまだあそこにいるような気がする。あの夏の中に閉じこめられて、フレンドリーズで頬杖をついているような気がする。

江國香織

夏の午後、こんな風に仕事をしていると、ひろみちゃんの声がきこえてきそうで、思わず窓をあけてしまったりする。

アイスクリームソーダ

野中柊

春の匂いがする。

土埃《つちぼこり》。乾いた舗道《ほどう》。庭先のクロッカス。日向《ひなた》にすべてがとけ合って、なつかしい空気が出来上がる。風はまだ少し冷たいけれど、空が青くて気持ちいい。

「こんなに素晴らしいお天気だもの。どこかに遠出がしたいな」

嬉しくなって、そう甘えかかると、彼も笑ってうなずく。

「いい考え。どこに行こうか？」

思いつくまま、行きたい場所を挙げてみる。セントラルパーク、ブローニュの森、タヒチの海岸、バナナ・ワニ園……

ふたりで一緒に行ってみたいところは、世界中に数限りなくあり、こんな会話にはきりがない。でも、ふたり一緒にいられれば、どこに行けなくても、ここ、でいい。そう思っているのが本当のところ。

もう夕方だし、あんまり遠くへ出かけるのは無理みたい。

私たちは顔を見合わせて微笑んで、近所を散歩することにした。手をつないで並んで歩けば、どんな旅行にも負けないくらい楽しい気分になれるのだから。

アメリカにいる頃も、彼とふたりで夕暮れ時に散歩に出かけるのが大好きだった。道端に咲く花を眺め、路地に猫の姿を探してはしゃぐ。

そして、歩き疲れたら、ダイナーに寄ってひと休み。

お洒落《しゃれ》なカフェがいろいろあっても、私たちのお気に入りはダイナーだった。デコラの安っぽいテーブルにビニール張りの古びたシート。店内にはハンバーガーとコーヒーと煙草の匂いがたちこめて、隅のジュークボックスからは、ロックンロールが騒々しく響いてくる。

「うわあ、アメリカ映画！」

私はダイナーに行く度にそう言って興奮し、注文するのは、決まってアイスクリームソーダ。それは、ふたりの大好物。

分厚い大きなグラスの底にチョコレートシロップがたっぷり沈んでいて、その上にチョコレートアイスクリームが2スクープ。それだけでグラスの容積はほとんど占められてしまうのだけれど、残された僅かな透き間にプレーンソーダが注ぎこまれ、最後の仕上げに、グラスの縁から溢れんばかりにホイップクリームが飾りつけてある。

柄の長いスプーンと色とりどりのストライプの入った太めのストローを突っこんで、食べたり、飲んだり。忙しく口と手を動かすときの楽しいこと。美味しいこと。

チョコレートシロップの脳髄《のうずい》に響くほどの甘さは、プレーンソーダの舌を刺激するぴりぴりとした爽やかさで緩和され、チョコレートアイスクリームのほろ苦い冷たさとホイップクリームのまろやかな舌触りは絶妙の取り合わせ。

思えば、初めてアイスクリームソーダを口にしたのは、私がアメリカで暮らし始めたばかりの頃だった。きっと気に入ると思うよ、と言って、彼がごちそうしてくれたのだ。そして、予想通り、私はこの不思議な味の虜《とりこ》になった。

彼も子どもの頃からずっと大好きなんだって。

「ハイスクール時代のガールフレンドとも一緒にアイスクリームソーダを食べたりしたの？」

あるとき、ふと思い立って、そう訊ねたことがある。

「まさか。こんなの子どもっぽいじゃない。あの頃は、好きな女の子の前でうんと背伸びをしたかったから、もっと別のデートをしていたよ」

その答に私は思わず微笑んだ。

野中柊

そして、私の前では、子どもっぽさも包み隠さずに見せてくれることに、ありがとう、と言いたい気持ちになった。

いっそのこと、幼なじみだったらよかったのに。

写真の中でしか見たことのない少年時代の彼と少女の頃の私が一緒にアイスクリームソーダを食べても、やはり、恋、のようなものを感じたかな?

そのなつかしいダイナーも今は海の向こう。

これから出かけるにはちょっと遠すぎるから、散歩の帰りにスーパーマーケットに寄って、アイスクリームソーダの材料を仕入れてきた。

春の宵には、どうしてか、遠い日の思い出があれこれ蘇《よみがえ》るので、たやすく子どもの頃にも戻れそうな気がしてしまう。

ヴィレッジのアイスクリーム

植草甚一

グリニッチ・ヴィレッジのホテルに泊まって近所を毎日ブラブラ散歩していると、ついアイスクリームを買ってたべながら歩きたくなってくる。そのアイスクリームにも種類がたくさんあって、どれか一つをたべてみるとおいしいから、そのつぎもおんなじアイスクリームを買うことになり、やっぱりおいしいなと思いながら、こんどは違うのにしようと考えるだけでもたのしい。

わざわざグリニッチ・ヴィレッジと呼ばなくてもいい。ヴィレッジと言えばニューヨークのどこでもつうじるが、ぼくが泊まったホテルはいい場所にあって、四方八方どこでも面白くブラつけたし、アイスクリーム店がすぐ目についた。けれど最初のあいだは素通りするだけで、なかをのぞいても店そのものに魅力がない。レストランだと前を通ったとき入りたくなる店がやたらとあったのに、そういった魅力がアイスクリーム店にないのは、つまり味が勝負だという建て前なんだろう。そういえばギョーザ屋に感じとしては似ているかもしれないな。けれどアメリカのアイスクリームはどこのもみんなおいしいんだ。

褒《ほ》めすぎだよ、それは、とここで自分でつぶやいたのは、こんなことがあったからで話が横道にそれるけれど、ある日のこと四日さきのお天気が心配になった。それで新聞の天気予報を注意して見るとピッタリ合っている。その日もつぎの日も当たっているので、行きつけのレストランのウエイトレスにむかって、日本の天気予報と違ってアメリカのはピッタリだと言ったところ、ほんとうにそう思うのかい、デタラメだよとやられた。

これにはあわてたので、その日から三週間ばかりニューヨークの新聞三紙の天気予報を切り抜いてくらべてみると、みんなどこか違っていたのである。じつはアイスクリームでも似たようなことが言えるのであって、カーヴェルの店のがとてもおいしかったので、そう言うと、まずいとはけなさない。たしかにカーヴェルのはおいしいけれど、ぼくはマーチンソンの店のアイスクリームのほうがおいしいなあ、と返事するのだった。

ふとまた思い出したが、ホテルのそばにバートンというチョコレート店があって、ウィンドーにおいしそうなのが箱入りで飾ってある。そのなかにハンマーやスパナーといった中型の大工道具が七つ色ちがいの銀紙に包んだのがあったので、ある日のことパーティに呼ばれたので持っていくと、バートンのチョコレートは上等なんだというわけで喜ばれた。それで行きつけのレストランのウエイトレスに、こんどはチョコレートの話をすると、ヴィレッジのクリストファー・ストリートにライラックというチョコレート店がある。あんなにおいしいチョコレートはないとおしえてくれた。

なるほどその店をさがして歩いただけの値打ちがあって、ホームメードの小ぶりなのが箱のなかにきれいに並んでいるのを見ただけで、こいつはおいしいに違いないと思った。このクリストファー・ストリートというのは長い通りになっている。そのドンづまりにライラック・チョコレート店があったが、ある晩その途中を右に曲ったら向こうのほうがイリュミネーションだらけになっていて、大きなメリー・ゴー・ラウンドにも明りがはいってグルグル回っている。イタリアン・フェスティバルだった。

そこはイタリア人街で、かなり長い通りが縁日になっていて、両側に食い物屋や射的場やアクセサリー店がずらりと並んでいる。とても長くて太いソーセージを大きな鉄板の上で渦巻状にグルグルまるめて焼いているのは、イタリア人的ユーモアを感じさせるビザールな風景で、そのにおいがいろんな食べ物のにおいと一緒になっている。人でいっぱい。みんなが何かたべている。パスタのなかにハムをいれて揚げたのがおいしかったし、ここで立ち食いしたイタリアン・アイスクリームは、さすがに自慢するだけあった。行きと帰りに二度たべたっけ。

ニューヨークのまんなかでもヴィレッジでも車をひいたアイスクリーム屋が出ていて、それにはイタリアン・アイスクリーム屋とアメリカン・アイスクリーム屋との二種類があった。ぼくはアメリカンのほうがバラエティがあってすきだったし十種類くらいあった。

それをアイスクリーム屋のおじさんがアイスボックスから出したのを、二十五セントか三十五セントと引きかえに受け取ってブラブラ歩き出したときのことを思い出した。包紙をやぶくと平たい棒のさきについたのが、コチコチになっていて、歯が立たない。それをしゃぶっていると、だんだんやわらかくなってきて、そんなのを片手に持ちながら三十分くらいは歩いているのだった。五分くらいでペロリとやっちゃうこっちのソフト・アイスクリーム党がこれを買ったら、ほんとうにうなっちゃうだろう。

パリのアイスクリーム

石井好子

パリの人はアイスクリームが好きだ。

夏になるとセーヌ河の川べりや郊外の森の片隅、地下鉄のり場のちょっとした空地にも屋台のアイスクリーム屋が出るので子供はおろか大人たちもアイスクリーム・コーンをかじりながら平気な顔で道を歩く風景がみられる。

アイスクリームにも随分色々な種類がある。街中のキャフェではバニラ・チョコレートそれからコーヒーの味がついたアイスクリーム、イタリー風というかナポリ風というのか砂糖づけにした色とりどりの果物が入ったアイスクリームを嚙《かじ》っている。

オペラやシャンゼリゼ通りの高級喫茶店となるとキャフェ・リエジュワというコーヒーアイスクリームの上に生クリームのふわふわしたものをのせたのや、カサタ・ソルベなどの、かたいかたいアイスクリームも売っている。このかたいかたいアイスクリームはなかなかとけないので周りに生クリームやチョコレート、ほした果物などをあしらってまるでウェディング・ケーキのように飾りたて宴会のデザートに供する。

このアイスクリームの作り方を私はパリのコルドン・ブルーという料理の専門学校で習ったことがあった。その学校は、専門家が主に料理長になる免状を貰うために通う学校なのだが、しろうとも高い月謝をはらえば入学させてくれるので料理好きな私は一ヶ月程通っていたことがあった。

ある日アイスクリームを作るというのでアイスクリームなんか買った方が早いのにと私も他の生徒もぐちをいったが、このアイスクリームがかたい特殊なアイスクリームだった。まず桶の中にかき氷とあら塩を一杯つめその中にアイスクリームの原料をつめた円筒形の容れもの（ノリの缶のようなもの）を埋めて桶についた取手をぐるぐるまわすのだ。むかし私が子供だった頃、家庭でアイスクリームを作る時そうしたものだ。「ナーンダ、こんなもの知ってるわ」と思い「何と非文化的なことよ。こんな労力をつかってアイスクリームを作るとは」と考えていた。

ところがそうして出来上ってきたアイスクリームは出来上りではなく、又別の筒の中にきっちりつめ、蠟《ろう》で封をして再び同じように氷の中でぐるぐるぐる三十分もまわすのだった。そうして出来上ったアイスクリームはかちかちにかたまっていながら口にいれるとトロリととける、えもいえぬおいしい高級な味のアイスクリームなのだった。

　食通の人は機械で手軽に作る普通のアイスクリームはたべず、この手製で時間もかかるかたいアイスクリームだけを好きだと聞き、さすがにフランス人は食いしん坊だと感心したことを思い出す。

クリーム・ソーダとアイス・コーヒー——銀座〔清月堂ライクス〕

池波正太郎

五年ほど前に、はじめてパリへ行ったとき、エッフェル塔の下の広場に出ている屋台店で、アイスクリームを買った。

むかしなつかしい、トンガリ帽子型のウエファースの容器に山盛りとなっているアイスクリームの味も、私が子供のころ、舌になじんだ味だった。

水気が多くて、さらっとした味わい。

このようなアイスクリームも、東京の下町では、

「アイスクリーン」

と、いったものだ。

そのとき、同行したT君は、むろん当時の〔アイスクリーン〕を知らないから、エ

ッフェル塔下のアイスクリームを、

「水っぽくて、あまり、うまくないですね」

と、評した。

それはそうだろう。

現代の、どこのアイスクリームとくらべても、味わいからいったら問題にならない。

ただ、私などには、懐旧のおもいが旨《うま》さに変るだけのことなのである。

子供のころの私は、めったにアイスクリームを口にしなかった。

限りある小遣いを、そんなものに使いたくなかったのだ。

アイスクリームを買うくらいなら、肉屋で売っているポテト・フライを買って来て、家の火鉢にかけた金網で焙《あぶ》り、小皿のソースへ落し、ジュッと音をたてた熱いのを食べるほうが、ずっと好きだった。

ところが……。

あれはたしか、小学校を卒業する少し前だったとおもうが、母の従弟にあたる竜野寿太郎が浅草の私の家の一間《ひとま》を借り、引き移って来た。

竜野は株式仲買店〔松一《まついち》〕こと松島商店の店員で、のちに私も同じ店へ入ることになる。

何しろ株屋の店員だし、店に隠れて相場もやるわけだから、当然、金まわりもよい。

竜野は、よく私を連れ出し、浅草の映画を観に出かけた。

あるときの映画見物の帰りに、浅草の洋食屋〔中西〕へ私を連れて行った竜野が、

「何を食べる?」

「カツライス」

と、洋食屋における私のこたえは決まっている。

食事がすむと、竜野が、

「後は何にする?」

「もう、何もいらない」

「コーヒーは、どうだ?」

「いいよ」

「それじゃあ、何だな。よし、クリーム・ソーダをとってやろう」

「それ、何?」

「知らないのか?」

「うん」

「うまいぞ。おれもそれにする」

「じゃあ、食べる」

そのクリーム・ソーダを口にしたときのおどろきは非常なものだった。

ソーダと果汁の中にアイスクリームが浮いている。クリームを食べ、果汁をのむ。しまいには双方が溶け合って、何ともうまい。

「どうだ？」

「うまいよ」

それから約一年後に、私は竜野がつとめている松島商店の少店員になった。この店には、もう一人の母の従弟もつとめていた。

少店員の私の役目は、先《ま》ず走り使いというわけで、一日置きに自転車へ乗り、丸の内方面の諸会社へ株券の書き換えにまわる。

銀座を見たのも、このときがはじめてだった。

そのうちに、同じ兜町《かぶとちょう》ではたらいている幼なじみの井上留吉と出合い、子供のころの旧交をあたためることができた。

向島育ちの井上が、

「おい、銀座の資生堂へ行って、チキンライスをやってこいよ。うまいぜ」

と、いう。

そこで書き換えの帰りに資生堂へ立ち寄り、チキンライスを食べた。下町の皿盛りとはちがう。物々しい銀の大皿へ盛って来て、それを私と同じような少年給仕が皿へ取り分けてくれる。向うは白い詰襟の服。こっちは紺サージの詰襟であって、双方が何となく照れくさかった。

そのときにメニューを見ると、クリーム・ソーダがあるではないか。

さっそく、たのんだ。

運ばれてきたクリーム・ソーダは、中西のそれなど、くらべものにならなかった。果汁もクリームも容器までもがちがう。ハイカラとは、このことだとおもった。このとき私は十三歳だったのだ。

それからの私は銀座へ出るたびに、クリーム・ソーダを口にした。資生堂のみではなく、〔モナミ〕や〔エスキモー〕のクリーム・ソーダも味わったが、断然、モナミのがうまかった。

そのうちに、竜野は松島商店をやめ、他の店へ移った。

それからの竜野と、悪友・井上留吉と私は、自分たちの相場のことで他人には計り知れぬつきあいと生活をもつことになるのだ。

こうしたわけで、六十に近くなったいまも、私はクリーム・ソーダが好きである。

初夏ともなれば、映画の試写の帰りに、ふっとクリーム・ソーダが食べたくなる。

初夏の薫風《くんぷう》と、アイス・コーヒーとクリーム・ソーダは、私にとって、

「切っても切れない……」

ものなのである。

そんなとき、私は銀座の松坂屋の裏通り（あずま通り）の清月堂へ足を運ぶ。

ここのクリーム・ソーダとアイス・コーヒーは、銀座でも、ちょっと値段が高いほうだろう。

それはよい材料を使い、仕込みに金をかけているからであって、味は申し分がない。

そぞろに、むかしの〔モナミ〕のクリーム・ソーダやアイス・コーヒーを偲《しの》ばせてくれる。

コーヒー通には〔アイス・コーヒー〕など、邪道だといわれそうだが、ほろ苦く、ほろ甘いコーヒーの味は冷たくするときりりとしまる。もっとも、そんなアイス・コーヒーはめったにない。

清月堂が、あずま通りへ新しい店を出してから十四、五年になるだろうか。

そのときから、斎藤戦司君がつとめている。

当時、二十四歳だった斎藤君も三十八歳になった。

そして彼は、清月堂の責任者になっている。

キビキビと立ちはたらく、清潔好きの彼が支配するカウンター越しの調理場は、いつもピカピカに光っている。

そこの椅子にかけて、コーヒーを、クリーム・ソーダを、また、さまざまなメニューをさばく彼の手さばきを見るのも、私のたのしみの一つだ。

斎藤君は、静岡県の草薙の生まれだそうな。

そういえば、いかにも駿河の人らしい。

こういう責任者といっしょに、私も小さな店を、

(出してみたいな……)

ときどき、そうおもうことがないでもないのだ。

清月堂は、いつも繁昌している。

私は試写の帰りか、または、近くの新富寿しへ行った帰りに立ち寄る。

そして、コーヒーをのみながら、客が食べているものを、それとなく見る。

若い客が多いけれども、ほとんど彼らはクリーム・ソーダを注文していないようである。

この一品も、

(もはや、時代から取り残されつつあるのではないか……)

ふと、そうおもうことがある。

最近、親戚の女の子を連れて、青山の或る店へ行き、

「どうだ、クリーム・ソーダでも注文しようか?」

というと、

「そんなものイヤ」

言下に彼女はいって、何とかパフェとやらいうものを注文したのだった。

アイスクリーム

吉村昭

友人たちと酒を飲んでいる時、

「死が間近にせまった時、この世の名残りに最後に食べたいものはなにか」

と、一人が言った。かれは、酒の席で突飛なことを発言する。

互いに高齢の域に達した者同士であるので、こんな提言も空気が白けるどころか座がにぎわう。

友人たちは面白がって最上等の鮪《まぐろ》のトロの鮨とかさまざまな食物を口にしたが、私も答えを求められて、アイスクリームと答えた。恐らく食欲は衰えていて固形物は消化器が受け入れぬだろうが、アイスクリームなら咽喉《のど》を越えてくれそうに思える。

幼い時、列車に乗って母親から買ってもらったアイスクリームを口にするのが楽しみであった。それは経木でつくられた平たい小さな箱に入れられていて、表には氷雪におおわれたヒマラヤの山岳の絵が印刷された紙がのせられていた。

成人してからもアイスクリームはよく口にし、今でも喫茶店でコーヒーを飲む折、しばしばアイスクリームを注文して、店の人に少々いぶかしがられている。

考えてみるに、これを最初につくった人は余程の智恵者であり、初めて口にした人は驚いたにちがいない。

石井研堂《けんどう》著の『明治事物起原』によると、日本人で初めてそれを口にしたのは、万延元年（一八六〇）にアメリカに派遣された人々で、その記録に「味は至つて甘く、口中に入るに忽ち解けて、誠に美味なり。是をアイスクリンといふ」と、ある。

やがてアイスクリームは、製法が日本にも伝えられてつくられるようになり、明治六年、北海道に行幸した明治天皇にアイスクリームを差上げたという記事が、報知新聞にみられる。天皇がどのような感想をおもちになったかは記されていない。

明治十一年六月に東京で新富座が新築開業した時に、来賓にアイスクリームを出したことが有喜世《うきよ》新聞という新聞にのっている。アイスクリームのことが記事になっているのだから、当時、よほど珍しかったものなのだろう。

その頃、高利貸しのことをアイスクリームと称していたという。高利貸し――氷菓子つまりアイスクリームというわけで、なんとなくしゃれていて面白い。甘い言葉で誘うが実は冷たいものだというのか。
ともかくアイスクリームは、私の好みに合う。

吉村昭

涼しき味（抄）

獅子文六

子供の頃は、夏がくると、うれしかった。

昔の東京では、七月に入ると、氷水店が始まったが、冬の焼芋屋が変じて、そんな商売をやるのである。昨今は、焼芋屋というものが、行商に転じたようで、また、氷水そのものも、稀《ま》れにしか、売ってない。

誰も、アイス・クリームを食べ、シャーベットを食べ、或《あ》いは、アイス・コーヒーを飲む。氷をカンナにかけて削ったものに、砂糖水をかけるなんてことは、ずいぶん原始的で、今の子供に向かぬのだろう。

でも、大人だって、昔は氷水を、よく飲んだ。どんな町でも、氷水屋の旗がひるがえっていたし、炎天を避けて、そこで一息入れる人の姿を、よく見た。

また、大きな邸宅は別として、普通の家だったら、夏の来客に、茶を出すよりも、氷水屋の出前を頼むのが、例だった。下町では、ことに、この風があった。だから、氷水屋には、必ず、出前持ちがいて大がい、少女だったが、簡単な岡持ちに入れて、すぐに配達した。溶けやすいものだから、急いで配達したのだろうが、大変早く、持ってきた。

来客に出すのは、砂糖水をかけたものなら二杯、タネモノと称するのだと、一杯が普通だった。足つきの平べったい、安物のガラス・コップに氷の削ったのを、山盛りにしてあった。そして、匙《さじ》はブリキ製だった。氷水屋の器具が、お粗末だったのは、夏だけの商売というので、看過されたのだろう。

私の中学生時代は、夏がくると、遊ぶことが多くなり、一年で最も好きな季節だったが、氷水を食べることも、大きな愉しみだった。

「お前、もう、氷水飲んだか」

七月に入ると、私たちは、暑さとか、渇きに、関係なしに、氷水屋に行きたくなった。氷イチゴという、紅いシロップ入りのが、人気があり、さもなければ、氷アズキだった。氷じることというのもあったが、まず、氷アズキだった。

そういうタネモノを、最少、二杯食べるのを、例とした。暑さを凌ぐというよりも、冷たい菓子を、食う気持だった。氷水のみならず、汁粉でも、ソバでも、昔はお代りをするものと、きまってた。昨今は、ソバ屋へ行っても、一杯だけで帰る人が、多いようだ。それは、今の人が少食になったというよりも、明治の世の中は、まだユトリがあったからだろう。お代りをしないで、出てくるなんて、見っともないと考える、心理もあった。

氷水屋の店で、玉ラムネという清涼飲料を、必ず売ってたが、それを氷水に注いで飲むと、あまり冷たくて、鼻の奥がジーンと鳴った。私がシャンペン・サイダーというものを、始めて飲んだのも、氷水屋だった。三矢印シャンペン・サイダーというので、玉ラムネより、高級な味がした。それが、サイダーの始祖だが、明治三十八年、九年頃で、それから今日のコーラ飲料に至るまで、考えて見れば、あんなものも、幾山河を超えてる。

しかし、氷水屋が今残ってても、老人の冷水だから、私は立ち寄らぬだろうが、ちょっと、懐かしい気がする。氷水屋はヨシズ張りで、縁台を置いただけで、商売ができたから、どこの町内でも、きっと一軒ぐらいあったが、氷と書いた旗や、ガラスのスダレは、夏の風物詩であって、悪くないものだった。コレラが流行すると、途端《とたん》に、氷水屋はヒマになったが、非衛生という点で、よく問題になった。もっとも、今の喫茶店が、どれだけ衛生的だか、私は知らない。

トコロテンとか、白玉というものも、氷水屋にあり、風雅な食べものだが、私たち明治少年は、進歩的であり、見向きもしなかった。ことに、トコロテンとなると、どこがウマいのか、わからなかった。でも、この頃になると、ちょいと、食べて見たくなることがある。白玉も、同様である。何によらず、古風な食べ物というものは、刺戟的な味がないところに、魅力があり、一度は捨てられても、また、思い返されるのである。それは、懐古趣味以上のものであり、日本の風土で、長い間、人が食べ続けた理由が、やはり、あるのだろう。

しかし、夏がくると、うれしいというのは、遠い夢になってしまった。今の私にとって、暑気は最も耐え難く、若葉の爽かな色を見ても、やがて、めぐりくる炎暑の前触れと考え、恐怖感に襲われるのである。何といっても、氷イチゴと、氷アズキを、一時に食べるほどの胃の強さと、単純な味覚と、快活な精神とは、もう再会を期しがたい。

＊

冷麦《ひやむぎ》やソーメンを、食ったって、どれだけ涼しくなるわけのものでもないが、衰えた夏の食欲を、そそる力があるのは、確かだろう。

でも、私は、冷麦よりも、ソーメンを好む。夏でなくても、ソーメンの味は、ニューメンにしても、悪くないのだから、元来、好きなのだろう。その癖、産地のことを、やかましくいったことがない。油くさい、柔かいのは、ご免だが、三輪ソーメンでも、松山産のでも、岡山出身の友人が、よく送ってくれるのでも、皆、私には結構だった。

薩摩も、ソーメンをよく食うところで、川内市《せんだい》だったか、清流の巌の中で、ソーメンを冷やして食べる風習があるが、風流ではあっても、巌の底に、ソーメンの食べ残しが、白く残ってたら、汚ならしいだろう。といって、京都あたりで、ソーメンを竹の樋《ひ》で流して、自分の前へきたのを、箸でつまむという食べ方もあったが、少し細工が過ぎるようだ。

薩摩の人は、ソーメンをサカナにして、焼酎を飲むらしいが、その盃が、豆のように小さく、何か、上等の陶器だったことを、覚えてる。あの地方の人は、焼酎に水を割り、燗をするのだが、ソーメンをサカナにする時は生《き》のままで飲む。ソーメンの水分を、勘定に入れて、そうするのだろう。

麺状をしてるので、思い出したが、京都の菓子屋の鍵善で、葛《くず》切りというものを、食べさせるが、あれも、夏の食べ物にちがいない。よい葛を用い、よい糖蜜をかけてあるから、あんな趣向を凝らした容器に入れなくても、ずいぶん美味を、感じさせるだろう。昔の京都人は、冷やした葛のようなものを食べて、充分に、涼気を味わってたのだろう。今では、葛切りも、年中売ってるようだが、恐らく、アイス・クリームは、季節を問わず、食べられるから、和菓子だって、同様の権利を、主張したのだろう。

やさしいアイスクリーム

鎌田慧

母親は小柄なひとで、老人になってからは余計ちいさくなっていた。野菜と少々の魚しか食べなかったが、八八歳まで生きた。名前はたま。子どものころからおばあさんだったように記憶しているのだが、若いころの写真をみると整った顔をしていて、末っ子だったわたしは、不意を衝かれたような気持になったりする。

母親はいつも丈夫だったようで、寝込んでいた記憶はない。だからか、一度だけ氷を買いにいったことを覚えている。おそらく、兄姉はだれも家にいなかったのだろう。小学低学年のわたしが、母親の頭を冷やす氷を買いに行く役割になった。暗くなっていて心細く、病気になった母親が心配で、わたしはとても悲しかった。

薄暗い裸電球の下で、上半身裸の男が、勢いよく氷に鋸《のこぎり》をいれた。わたしはしゃがんで、切り口から氷が粉末となって飛びだすのを眺めたが、それは一瞬で終わった。もっていった竹籠に氷の断片をいれてもらって、重さに身体を傾けながら家に帰った。いまみてきたばかりの大きな氷の塊が、保温のためだろうか、きなこにまぶされたように、コメ糠《ぬか》にくるまれているのが不思議だった。

きっと氷屋はさほど遠くなかったのだ。家の台所まではこぶと、父親が錐《きり》で氷を砕いた。それをすくって氷枕にいれるとき、ちいさな破片をひとつ口のなかにいれてくれた。おもわず首を縮めるほどに、冷《ひ》ゃっこくて、うまかった。

喉が渇いた犬のように、日射しがつよく照りつける埃っぽい道を、舌をだして歩きすすむと、むこうの角に青い幟《のぼり》がみえてくる。アイスキャンデーの店である。

店のなかに、鉄の箱が据えられてある。曲がりくねった怪しげなパイプが白く粉を吹いている。粉ではなく凍って氷結しているのだ。鉄の箱は〝こんにゃく〟の大きさに仕切られていて、そのひとつひとつに一本の割り箸《ばし》が突っこまれている。底にあんこが沈んでいるのが「あずきアイス」で、わたしはこれが好きだった。

割り箸を握って、凍った〝こんにゃく〟の先端に、冷たく凝固しているあんこの塊に噛みつく。がぶりとやると歯に沁みるので、そろそろと先端をちいさく齧る。最初は小心に、ネズミのようにカリカリ齧ったり、表面を舐《な》めたりしているうちにだんだん大胆になってガブリとやる。

しかし、その調子ですすむと、あんこの部分がなくなって、ごくふつうの砂糖水の部分に到達してしまうので、こんどは戦術を変え、反対側に転じて手許の角を齧りだす。

「おれにも、一口食べさせてくれ、たのむ」と苦しそうに、眼で合図している連れに貸し与えて箸を握らせると、汚れた指の跡を白い割り箸に残すばかりか、大事に食べ残していたあんこの聖域を思い切りよく齧りとって、勝ち誇ったように返して寄越す。あぁ、情けは災いのもとなのだ。

あとはトウモロコシを食べるように横にして齧る。そのころになると、さすがに溶けだして柔らかくなっている。こんど顔を仰向けにして、口を大きくあける。垂れてきた液体をすすったり、いまや春の残雪のように、辛うじて箸に沿って付着している最後の部分をゆっくり舐めたり、ついに影も形もなくなってしまうと、未練がましく、箸を濡らしている汁をしゃぶっている。

氷よりも、アイスキャンデーよりも、はるかに高価なのがアイスクリームである。城跡が公園になっていて、桜が散り、緑が一斉に芽吹いたあと、陸奥《みちのく》にもようやく遅い夏がおとずれる。と、桜並木の下に日射しを避けるようにして、水色のペンキを塗ったリヤカーが姿をあらわす。

リヤカーの四隅にはか細い柱がたてられ、布の屋根がかけられている。特製の台が据えられ、なかに丸い真鍮の筒が収められてある。そのそばに、主婦らしい年輩の女性が所在なげにたっている。公園のなかには三、四台、おなじようなリヤカーがいるのだ。

客がちかづいていくと、ナプキン代わりに置かれた手拭いが外され、真鍮の蓋があけられる。リヤカーの縁に置かれたちいさなガラスケースにいれられてある、殻《から》（コーンカップ）が取りだされ、ポテトサラダを掬《すく》うような、真鍮の丸いスプーンでよそってくれる。昔は三〇円だった。が、いまは一五〇円ていどか。柔らかな、卵の黄身色のアイスクリームである。薄い柾《まさ》木のへらで大事に掬って食べる。

それからなん十年がたって、港区青山にハーゲンダッツが開店して、長い行列ができたことがある。あのカチンカチンのアイスクリームよりは、田舎のははるかにやわらかく、気取らずにいて、優しい。母親がよく買ってくれたアイスクリームである。

アイスクリーム

増田れい子

夏休みであった。

女学校の一年生になっていたろうか、はじめての長旅をした。母にともなわれ、姉と弟とともに、常磐線で上野まで出、そのさきは東京駅から東海道線に乗って夜通しゆられ、京都に着いて、さらに私鉄にのりかえ、奈良へ出ようというのであった。

太平洋戦争のはじまる、ほんの少し前のことであった。多分、長いこと母の胸のなかにあたためられていた旅であったろう。仕事を持ち、病身の夫をかかえ、四人の子を育てる立ち場の母は、故郷を出てからこのかた、ただの一度も里帰りというものをしていなかったと思う。

そのときの奈良行きは、戦争がよりはげしくなることを見通し、私たち幼いものの顔を故郷の人々に見せるさいごのチャンスとして選びとったものだったろう。切符の入手もすでにきゅうくつになっていたが、ともかく、八月のある日、私たちは旅立った。

○

上野駅に着くと、母は私たちを駅のなかの食堂に連れていった。そこで、私はアイスクリームに舌をうたれたのであった。

銀色をした器に、それは、まあるい顔をして座っていた。大好きなウエハースがついていて銀色のさじですくうと、少し粘りが感じられ、舌にのせるや否や、どこかへ消えていった。

あとには、甘さと冷たさと、ほのかな乳の香りがたゆたい、二たさじ目からは、もう夢中になって、味などわからない、めくるめく思いのうちに、アイスクリームは器からなくなっていた。

すぐ前の席には、父ぐらいの年かっこうの男のひとがいて、大ジョッキでビールをのんでいた。白く浮き上るビールのアワを口もとに残して、満足げであった。奈良についた日、私は父にあてて、はがきを書いた。

「パパも早く、奈良へいらっしゃい。上野駅では食堂に行ってビールをのむといいです。れい子はアイスクリームがいいです」

父の夏の間の唯一のぜいたくは、ときおりビールをのむことであった。私も、出来たらときおりアイスクリームにありつきたかったに違いない。しかし、そのころ、アイスクリームというのは、ぜいたく極まりないもののひとつで、ただ、あこがれていればよいいだけのものであった。

○

いまは、まったく無造作にアイスクリームを口に運んでいる。特別おいしいとも思わない。デザートのなかでは、比較的軽いからと選んでいるに過ぎない。アイスクリームより、清冽な水の方が、はるかにおいしいし、芳醇という言葉にもふさわしい。

それは、アイスクリームに罪があるのではなく、私が年齢を重ね、それにつれて、味覚も変ってしまったためである。甘さやなめらかさだけではあき足らなくなり、苦味やえぐみなどを受け入れる一方で、水のように淡泊で奥深い美味を求めている。

ところで、ひとつ例外がある。同じアイスクリームでも、戦中戦後の一時期に、駅で売られていた、きょうぎ入りの氷ガリガリの、ただ、水に砂糖を加えて冷やしかためたような、あの落第生のアイスクリームが、ひょんなことになつかしいのである。

あの落第生のアイスクリームは、もちろん、奥深い味などしない。浅薄な甘味、単純な冷たさでしかなかった。

このアイスクリームをてのひらにいただき、やはりきょうぎのヘラで、スミの方から少しずつなめて行くうち、だんだん雪解け水のようにやわらかくなって、食べやすくなる。しかし、とかしてしまっては元も子もないと、脱兎の如く食べ終えるときの、よかったような惜しかったような、ふしぎな胸のうち。

あれにあえたら、よろこび勇んで食べるだろうと思う。駅売りのアイスクリームは、庶民のアイスクリームだった。冷房も何もないススだらけのSLの列車によく似合うアイスクリームだった。冷たくて舌がしびれた。そして私は若かった。

チョコレートとパイナップル

立川談志

前の駄文の最後に何が美味《うま》いの不味《まず》いの、面倒臭いから教えてやる、世の中で一番美味いものは「アイスクリーム」と書き、次は「チョコレート」……と書いて終わった。

世の中で一番美味いものはアイスクリームで、〝次は〟とは〝二番目に美味いものは〟という意味でチョコレート、三位以下は読者が勝手に決めてくれ……てなもんであったのが、掲載誌の編集部の奴ァ〝次は〟とは次回、つまり、この項にチョコレートの美味さについて書くものと決めていて、〝師匠、次はチョコレートについて書いてくれるそうで……〟ときたもんだ。

〝いや違うよ〟なんて言っても判《わか》る相手じゃないし、これまた面倒だから〝物はついで〃とチョコレートについて書く。アノネ、家元は何でも書く、何でも書ける。理由は一つ、〃いい加減〃なのである。

よく言うんだが、これまで種々《いろいろ》と書いてきたが何と原稿用紙一枚も書き損じがないのだ。

それもそのはず、家元は〃書き損じた〃という意識が元々ないし、〃間違ってるな……〃と思うと、〃この意見は違うかも知れない、いや違うネ〃と書き続けるのだから物事失敗は無い、無駄が無い、面倒が無い……。ま、いいや。

でネ、チョコレートだけどネ、言っとくが家元チョコレートは好きじゃない。朝なんぞ起き抜け、というか、空《す》きっ腹に食うと、猛烈な吐き気が起きる。万度《ばんたび》、起きる。ま、〃胃が悪い証拠だ〃と仲間は言うが、起きてすぐ、空きっ腹にビールを放り込んでも吐き気はない。ないどころか〃ヴィー〃と溜飲《りゅういん》が下がる、つまり、〃イィー気持ちである〃。

してみりゃ、ビールは身体にいいし、チョコレートが身体に悪いというのも正解である。

しかしチョコレートは美味いものである。ガキの頃、進駐軍という名のアメリカ兵から、また当時アメリカ兵相手の売春婦から貰《もら》って食べたチョコの美味さ、舌のとろける感覚は忘れないし、戦前の、「お八つ《やつ》」と言われた三時の間食に、「お目覚《めざ》」と言われた朝の枕元に親が置いてくれたチョコレートの味覚《あじ》も忘れられない。

この二つの記憶のせいか、家元のチョコレートの最高は明治の薄い板チョコと、アメリカ兵の、あの、ヌガーとナッツが中に入った、現在も売ってる、あの、ホラ、ネ、あれ、アレが大好き。このヌガーのヤツは吐き気がしないのも不思議である。

「アイスクリーム」と「チョコレート」、この二種類《ふたあつ》には、「鰻丼《うなどん》」も、「天丼《てんどん》」も、「カツライス」も敵《かな》わない。これに異論のある奴とは口をきかないし、もし、弟子で異論を言ったら、即破門《はもん》、クビである。仲間だと絶交する。

だってサァ、アイスクリームやチョコレートが、何処《どこ》にも売ってなくて、簡単に手に入らなくて、そうなァ……海底三千メートルの海溝にのみ存在、としたら、その取りっこで戦争になると思うよ、だってスパイスであの戦争を起こしたくらいなのだから。

一体誰が作ったのかネ……ま、調べりゃあ判るけど面倒だし。

アイスクリームとチョコレートは「豆腐」とも「納豆」とも「そば」とも「シチュー」とも「芋羊羹《いもようかん》」とも違う、強《し》いて探せば「カレー」に近い。でも違う。

ま、アイスクリームは牛乳に甘味を入れて凍らせたのだろうが、あのチョコレートはどうやって作ったのか……どういう奴が発想したのか、不思議な奴もいたもんだ。

それにしても、アイスクリームもチョコレートも、ネーミングを外国名そのまま使ったところをみると、西洋文化が文明開化とともに入ってきた延長にあるのだろう。その入ってきた文明の名称を日本語に訳し切れなくなって、そのまま使い始めた頃の一つであろう。

「デート」は「逢《あ》い引き」、「キス」は「口づけ」、「モーション・ピクチャー」「シネマ」は「映画」等々、一応は西洋文化を日本流に消化してたのが、とうとうお手上げで、あちらの呼び方をそのまま使うようになったのは、この二つとも日本語に訳せなかったのかも知れない。

アイスクリームは日本語で何と言う、「甘味冷凍牛乳」とでも言うのか。

全く違う訳をつけて「恋の涼味」と言ったとしても子どもに何と説明をするか、チョコレートはどうしよう、「茶褐色甘味苦入り固形菓子」……よそう……ネ。

でも、アイスクリームとチョコレートほど世界の人に好まれている食品《もの》もそうないだろう。エスキモーも、アイスクリームは食うと思うよ、誰に食べさせても美味いと言うと思うがなァ……チョコレートもそれに準ずると思うけど如何《いかが》かな。

この二つに近い食べ物にパイナップルがある、あれも美味い。これまた簡単に手に入るけど、私の年代でのパイナップルは美味かった。めったにゃ口に入らない、たまに味わうパイナップル、それは缶詰ではあったけれど……そのパイナップルを、ハワイのオアフ島の裏のほうのパイン畑で熟《う》れたのを生で食べた嬉《うれ》しさも忘れられない。

そのパイナップルよりもチョコレートは上なのである。パイナップルはチョコレートに敵《かな》わないのだ、チョコレートの勝ち、パイナップルの負けなのだ。

その世界一のチョコレートも、グリコに敵わないのが困ったもんだ。

でも、そのグリコも、チョコレートに敬意を表してか、「グリコアーモンドチョコレート」というのを作ったところは偉い。グリコの社長を褒《ほ》めてやる、バンザイして駆けだしてやる。

なら、一位のアイスクリームとそれに次ぐチョコレートを一緒にした「チョコレートパフェ」てえのがあるけれど、あれも美味《おい》しいが、どうも、どこかでアイスとチョコに敵わない。つまり、何と言うか、二大スターを一緒に出したら共倒れ……とまではいかなくても、そこそこの出来だった映画に似ている……。

ジャンケン、ポン。「グ・リ・コ」「チ・ヨ・コ・レ・イ・ト」「パ・イ・ナ・ツ・プ・ル」。

沖縄のパインは美味い……と一言つけ加えておく。

アイスクリーム

久保田万太郎

汁粉はただしく「喰う」というべきである。「飲む」といったのでは「味」が出ない。いいえ、「味」が出ないばかりでなくその人の生活、育ち、教養のほどがおもわれてあさましい。……つねにうるさくそういっているわたしにして、アイスクリームを「飲む」というのである。「喰う」といわないで「飲む」というのである。……そんないい方をする奴の生活、育ち、教養のほどがおもわれてあさましいといわれてもわたしには返す言葉がない。その通りである。まさにその通りである。わたしの生活、育ち、教養がわたしにそういわせるのである。……アイスクリームというもの、わたしは、子供の時分、氷屋ではじめてその存在を知った。……氷屋で売る最も贅沢《ぜいたく》なものとして、わたしは、ミルクセーキとともにはじめてその味を知った。……なればこそ、わたしは、氷じるこなみに、氷あずきなみに、氷白玉なみに、氷いちごなみに、氷れもんなみに、それを「飲む」といいなしたのである。

いまをさる三十年以前のことである。わたしの育った東京は浅草の広小路に、繁った柳がまだなやましく露に濡れていたころのことである。

が、借問す、諸君は鉛筆に附属したゴムのことを「ゴム消し」といいますか、「消しゴム」といいますか？……もし「ゴム消し」とはッきりいう諸君があったら、一人でも二人でもあったら、その諸君だけは必ず「飲む」……アイスクリームを飲むと必ずまたそういうであろうをわたしは信ずる。

久保田万太郎

冬のアイスクリーム

丸谷才一

わたしが芥川賞を受賞したのは昭和四十三年の一月、大庭みな子さんといつしよである。そしてわたしは、誰か然るべき人に質問したいと思つてゐたことが一つあるので、この同時受賞は奇貨居《お》くべしといふ感じだつた。といふのは、大庭さんは長くアラスカに住んでゐたのだが、そのアラスカについてこんな話を読み、多大の感銘を受けたばかりだつたのだ。

戦後二十年近く経つて、アラスカにもやうやく豪華なレストランが出来るやうになつた。このレストランで最も好評なのはアイス・クリームで、言ふまでもなくこの寒冷の地には今までそんな食べものはなかつたのだ。それを真冬に食べる。すごい贅沢だといふのでお客が殺到する。ところが、機械の故障か何かで、アイス・クリームが充分に固まつてゐないことがある。お客は給仕人を呼びつけて怒る。すると給仕人は恭《うやうや》しく会釈して、その皿を銀盆に載せ、入口近くに行つて襟巻を巻き、毛皮の外套を着て、帽子をかぶり、手袋をして、再び銀盆を手にし、外に出てゆく。外は零下何十度の酷寒である。一瞬にしてアイス・クリームは固くなる。お客は非常に満足してそれを食べる……といふ話だつた。

しかし受賞式の直前、壇に近い席に二人ならんでゐるとき、この話をして、

「これは本当でせうか?」

と訊ねると、

「まあ丸谷さんたら、あたしをおからかひになつて」

と大庭さんは言ふだけなので、すこぶる落胆した。なぜ落胆したかといふと、第一に、大庭さんをからかふ気なんかなくて、純粋な知的探究のつもりだつたのにそれが認められなかつたからだし、第二に、どうやらこのアラスカの話は法螺《ほら》話ないし冗談らしいなとわかつたからである。常に虚構の物語を喜ぶのはわたしの文学的信条だが、そのわたしだつて意外なところで実話趣味に毒されてゐるのだ。

わたしがこの話をおもしろがつたのは、アイス・クリームが好きだからだらう。一体にわたしは、卵焼とかサンドイッチとか牛乳とかアイス・クリームとか、子供つぽい食品に目がないのである。

しかし、なんとなくアイス・クリームは夏のもの、南のものと思つてゐて、その虚を衝かれた感じもあるみたいだ。冬に食べたことが何度もあつたつて、そんな記憶はいつさい消えてしまふくらゐ、あれは暑いときの食品なのである。これは幼いころの思ひ出のせいといふより、むしろ人情の自然だらう。

ところで先日、モスクワに留学中の息子が一時帰国して、ロシアは卵がよくて牛乳がいいため、アイス・クリームは脂肪分が非常に高くてうまいし、それにこれは珍しく、あまり行列しなくても買へる食品で、ロシア人の好物だと言つた。とりわけ、冬の街のなかを歩きながら食べるとじつにいいのださうである。

「歩きながらスプーンですくふのかい？」

「紙で包んだもの、棒にくつついてゐるアイス・キャンデーのやうなもの、カップ入り、いろいろあつてね。駅の売店なんかで売つてるんだ。でも、うまいのは、温度の関係もあると思ふ」

「温度？」

「だつて、気温は零下二十度でせう。アイス・クリームは零度で、体温は三十六度でせう。だから、体温よりずつと低くて、気温よりずつと高いものが体のなかにはいつてゆく……」

「ほう」

「ちよつと形容できないな、あのうまさ」

「そんなこと言はないで、形容してみろよ」

「できないよ」

「ふーん。うまさうだな。ロシアぢや、いつごろから、冬にもアイス・クリーム、食べるやうになつたんだらう？　アラスカぢや、戦後ずいぶん経つてかららしいけど」

「知らないなあ」

といふやうな会話のあと、親父は部屋に引き籠つて、読みさしの小説本、『ロシア・ハウス』といふル・カレの新作を読んだ。もちろんロシアが舞台。真中へんにアイス・クリームが出て来る。夏の、だけれど。

一九六八年八月、ソ連軍チェコ侵入の直前。レニングラードの大学教授の娘である十六歳のカーチャは、ノーメンクラトゥーラ（特権的階級）の子女が通ふ学校の生徒だが、父親にねだつて、『勝手にしやがれ』の非公開試写会に連れて行つてもらふ。終つてからのレセプションで、反体制的な物理学者である三十代の男、ヤーコフ（サハロフ博士を連想する人もあるかもしれない）と知合ひになつて、魅惑される。そして、レセプションに来てゐるほかの学者の娘たちといつしよにカフェへアイス・クリームを食べにゆくと言つて父親から小遣ひをもらひ、ヤーコフをも誘ふ。

ここでアイス・クリームを使ふのはいい趣向だ。八月と少女たちとにじつによく合ふ。さらに、仕入れたばかりの知識を利用して言へば、ロシアによく合ふ。

歩いてゆく途中、プロフェッサー・ポポフ通りといふ地名のことが話に出ると、ヤーコフは、ポポフが誰なのか知らなかつた。カーチャが笑つて、ロシアの大発明家で、マルコーニより先に電信を送つた人、と説明すると、ヤーコフは、

「おそらく実在人物ぢやないな。なんでも先に発明しないと気がすまないロシア人気質《かたぎ》に合せて、党がそんな発明家を発明したんだらう」

と言ふ。

後進国コンプレックスがこんなふうにねぢれて発揮されるのはロシア的特質である。同じ『ロシア・ハウス』のなかにも、ラプターといふロシアの球戯がアメリカの野球の原型で、もともとラプターを考案したのはピョートル大帝だ、と主張する男が出て来る。あの国の百科事典に、電球、ラジオ、飛行機、テレビ、その他なんでもロシア人の発明と書いてあるのは有名な話だ。

アイス・クリームの発明者はどうなつてゐるだらうか。

すこしは遠慮して、冬にアイス・クリームを食べるのはわれわれが創始者、としてゐるだらうか。

アイスクリンの味

戸川幸夫

私にはマタギ（狩人）の友人が多い。そろそろ春熊《はるぐま》の季節です。いっしょにどうですと秋田のマタギに誘いをかけられて出かけてみた。山は、まだ雪がいっぱいあって、私たちは雪洞を掘って、その中で四日間野宿した。

狩が終わって、山から降りてくると里では桜の花が満開だった。厳冬から陽春に、一足とびに移って、なんだか妙な気持だった。

マタギのおかみさんがやっている雑貨屋の店先で、お茶をごちそうになっていると、村の子供たちが二、三人、アイスクリームを買いにきた。おかみさんがアイスボックスの中からつかみ出したアイスクリームを渡すと、子供たちはうれしそうに帰ってゆく。

そのうしろ姿をながめて
「便利になったもんだ」

と、ふっともらすと、マタギの親方《しかり》が
「何がです?」

ときいた。

「いやね、こんな山里でもああやってアイスクリームが食べられるようになったんだものね」

というと
「なにしろ会社がアイスボックスを無料で貸してくれて、毎朝バタバタ（オート三輪のこと）で持ってきてくれるんで、置いときさえすればいいんですから……」

と、店の主人のマタギが答えた。

私は、ふっと子供のころのことを思いうかべた。私の故郷は北九州の佐賀、明治四十五年に生まれた。生まれたのは佐賀だが、育ったのは、いま北九州市になっている八幡市だった。市とはいっても私の子供のころ――大正の初期――はまったくの田舎っぽい街であった。

そのころ、八幡の子供でアイスクリームの味を知っている者は極く少なかった。アイスクリームなんて、どこにいっても売ってなかったからだ。あるとき学校で、先生がアイスクリンを食べた者は手をあげてみい、と問うたことがあった。手を上げたのは六十人ぐらいのクラスの中で、私をふくめて三、四人しかいなかった。

「戸川はお父さんにつれてもらって東京にちょいちょい行っちょるから本場のアイスクリンの味を知っちょろう。他の者はどこで食べた？」

するると、他の生徒は一様に、汽車に乗ったとき食べた、と答えた。そのころ北九州の駅でアイスクリームを売ってるところは博多ぐらいしかなかったから、この連中は博多まで行ったことのある者だったわけで、アイスクリンと言うのは駅の売子の訛りなのだ。

「ええ、アイスクリン……アイスクリン」

と呼び歩いていたもので、私なども子供のころはアイスクリンというのが本当の名だと思っていた。

「先生もな、博多で一ぺん舐《な》めたことがある、冷えッとして、甘くて、夏なんかは美味しいもんじゃ。何でも砂糖と牛乳が混っとるそうな」

と先生が言った。

「センシェー、卵も入っとるちゅうバイ」

と食べたことのある生徒の一人が言った。先生はちょっと小首をかしげて
「うん、黄色いけんなア、しかし、そらあ戸川が食べたような東京辺の上等なアイス

クリンのことじゃろう。九州のアイスクリンにゃあ卵は入っとらん。そんなに材料に金かけよったら合わんもんなあ……あの黄色いとは染め粉じゃ。卵ン黄身にしちゃ、黄色すぎる。戸川、東京のアイスクリンは美味かろう？　どうかな？」

私は皆の視線を浴びてまっ赤になったことがある。

学校の先生でさえそうだったのだから、生徒の殆どが味を知らないのは当然だった。そのころ靴をはいて通ってる子なんか一人もなかった。学校では下駄をはいて来なけりゃいかんと言っていたので、みんな下駄をはいて登校していたが、校門を出ると下駄が減るからとて、脱いで下駄をふところに入れ、はだしで通う者が少なくなかった。

父は、夏休みのたびに母と私とを東京につれていってくれた。そして銀ブラをし、資生堂でアイスクリームを食べさせてくれた。

ところが、田舎育ちの私にはミルクや卵やバターのたっぷりと入った濃厚なアイスクリームよりも、駅売りのアイスクリンの方がずっと口にあったのである。

大正十一年、私が十歳のとき、父の仕事の関係で私たちは東京に引っ越すことになった。八幡駅まで先生や友だちが大勢見送ってくれた。

「ええなア、これからは毎日うまいアイスクリンが舐められて……」

先生がそう言って、いたずらッぽく笑った。友達がワァーと笑った。

上京する汽車の中で、アイスクリンを舐めたかどうか記憶にないが、いまと違ってうんざりするほど長い汽車の旅だから、嫌というほどアイスクリンを食べたにちがいない。

東京では、たしかにアイスクリンではなかった。アイスクリームは食べられたが、それはアイスクリームであって、アイスクリンではなかった。

そのアイスクリームですら存分には食べられなかった。というのは、水が変わったからなのか、一年もたたないうちに私は病気になってしまい、肋膜、急性肺炎とすすんで危篤に陥った。

病気がやっと峠を越して、やれやれと父母が愁眉《しゅうび》を開いたときに関東の大震災が起こった。東京は焼け野原となったが、私の家は幸いにも焼け残った。そのころ私には看護婦がついていた。その看護婦さんが茶筒を使ってアイスクリームを作ることができると言った。私は食べたくて、しきりとねだった。震災直後の物資不足の中で看護婦さんが苦心して作ってくれたアイスクリームは、栄養価はあったに違いないが、水っぽくてうまくはなかった。

私がようやく学校に通えるようになってから、ある日曜日に母は祖母と私をつれて浅草に行った。そのとき公園でアイスクリンを売っていた。卵の殻をいっぱい並べて、黄色い染粉をたっぷりと使った、まぎれもないアイスクリンだった。

「あれが食べたい」

と私は言った。母と祖母とは眉をひそめて
「こんな埃の中で売ってるのは汚ない。病気になるから……」

と買ってくれなかった。

そんな思い出である。

「お一ついかがですか?」

おかみさんがボックスの中からアイスクリンを一つつかんでくれた。私はご馳走になったが、それはもはやアイスクリームで、アイスクリンではなかった。

帰りの汽車で、私は駅売りのアイスクリンを買ってみたが、これもアイスクリームだった。

アイスクリンの味は、もう大正という年号と共に消えて、遠くに去ってしまったのかもしれない。

氷水

山本夏彦

「悪ふざけ」と題する戯文のなかで、私にはお天気を記憶する特技がある、例えば、昭和三十九年九月一日から晦日《みそか》までまる一ヶ月間のお天気を、いつでも即座に暗誦《あんしょう》できると威張ったことがある。

昭和三十九年九月一日は、朝のうち驟雨《しゅうう》があった。十一時ごろ雨はあがったが忽《こつ》として風がおこった（略）。二日晴れ。三日晴れのち曇。四日晴れてむし暑く、私はこの年最後の氷水《こおりみず》をのんだ。五日風。六日ふたたび風吹くと、四年前の空模様を、よどみなく述べると、たいていの客はわが記憶力に驚嘆する――と書いたが、もとよりこれは作り話である。誰が去年の今月今夜のお天気を覚えているものかと、私は話半ばで、からからと笑って打消したが、作り話のなかにも本当のことはまじるものである。

私は毎年氷水をのむ。この部分だけは本当である。氷水は子供がのむもので、いい年をした男がのむものではない。それにもかかわらずのむのは、子供のころ、私はのむことを禁じられていたからである。

アイスクリームならいいが、氷はいけない。氷は冷やすもので、のむものではない。西洋人は、氷なんかのまない。のむのは野蛮人だというのだが、西洋人がのまないのは西洋人の勝手で、日本人の知ったことではない。西洋は西洋、わが国はわが国だと、子供心に私は不服だった。

そのくせ、ぶっかきならいいのである。ぶっかきは、大きな氷をくだいたもので、たとえば一貫目の氷を錐《きり》で割ると、氷はとび散って、大小無数のかたまりになる。それは食べるのではない。冷やすのだから許されるのである。

今でもそば屋の冷麦《ひやむぎ》には、そのかたまりがのっている。豆腐なら奴《やっこ》ぐらいの大きさである。冷麦を食べ終っても、まだ氷はとけきらないで残っているくらいの大きさである。

錐で割るのだから、形は大小さまざまである。なるべく大きなかたまりを、かくれて頬ばると、舌がしびれる。手ごろなのを頬ばって、急いでかみくだいてしまえばいいものを、子供は欲ばるから口じゅう氷でいっぱいになる。すぐとけるかと思ったのに、とけなくて、つばだかよだれだか、にわかに湧いて出てもまだとけないで、しばらく口じゅうがしびれるのである。

以前は毎日氷屋が、戸ごとに氷を配達した。氷はおがくずでまぶしてある。氷屋の若い衆は、目の荒い巨大なのこぎりで、はじめざらりと、あとは勢いよくシャキシャキ音をたてて挽く。挽くこと半ばで、のこぎりをかえして、峰《みね》のほうを氷の割れ目に入れ、とんとたたく。氷はみしりと二つに割れる。あの音を聞かなくなって何年になるだろう。

電気冷蔵庫があらわれて以来である。電気冷蔵庫は、みずから氷を製造するから、ぶっかきを見ること稀になった。けれども、電気冷蔵庫が製造する氷は、形は大きなキャラメルに似て、色は白くにごっている。あけるとみんな同じ大きさで、みんな同じようににごっている。あんなもの、氷じゃあない。にせのぶっかきだと、はじめ私は抵抗したが、いつまで抵抗できるものではない。今ではその氷を浮かして、毎晩ウイスキーをのんでいる。それでもときどきコップをすかして見て、やっぱり白くにごっている、氷じゃあないと思うのは、幼児嗜好というのか、食物は子供のときのものに限ると思いこんでいるせいだろう。

木製の冷蔵庫は、今でも魚屋にはあるという。電気冷蔵庫はドライだから、魚は乾いてばさばさになる。だから魚屋だけは、いまだに氷冷蔵庫でなければならないと聞いた。その冷蔵庫に思い出があると、さる大きな家具屋の主人は言うのである。

木製の家庭用冷蔵庫が全盛のころだから、戦前のことである。その家具屋が、日本橋の某デパートから冷蔵庫の注文を受けた。三十本である。その日の〆切までに納めろと命じられた。

言うまでもなく冷蔵庫はきわもので、夏でも雨が降ると売行がにぶる。一刻を争うから、かけ回って三十本まとめ、急いで届けたが、〆切に五分か十分遅れた。

遅れたから、エレベーターは使わせないという。うそかまことか、エレベーターはもう動かないと、仕入の主任は言うのである。家具屋はまだ若く、屈強だった。今さら持ち帰れないから、背負ってあがらせてくれと頼んだら、あがれるならあがれと言う。

今も昔も、デパートの家具部は、五階か六階にある。その六階まで冷蔵庫を背負ってあがったのである。

一本や二本ならいざ知らず、三十本背負ってあがるのは、人間業でできる芸当ではない。息もたえだえになって、最後の一本をはこびあげるのを、主任は冷たくながめていたという。

つい近ごろ、私はこの話を、その家具屋から聞いたのである。家具屋の主人は、氷冷蔵庫を見ると、このときのことを思いだすというのである。

私は相槌《あいづち》を打ってはいたが、心中ひそかに顔をそむけた。エレベーターが動かないというのはうそである。うそでなくても、尋常の人なら何とかしてやるところである。背負ってあがらせて、ながめて冷然としていられるのは異常である。

デパートばかりではない。巨大な企業のなかにいると、人は往々こうなる。企業は出入りのメーカーなんぞ活殺自在だから、主任もそのつもりになるのである。ながくデパートなんかにいると、人はゆがんだ性質になる。

八月号のことだから、氷水の話でもと心がけて、つい冷蔵庫に及んで、陰惨な話になって申訳けない。

むかし、場末の氷屋では、店の奥に氷水と書いた木の札がかけてあった。続いて、「種物」とあって、いちご、あずき、宇治、白玉などと書いてあった。氷屋では、氷水をこおりすいと読む。略してただ「すい」という。昭和初年にはいっぱい五銭だった。

今は少くなったが、以前は氷屋がたくさんあった。やき芋屋が、夏は氷屋になったのである。エプロンのような布ののれんか、ガラスの数珠《じゅず》玉ののれんをさげて、大きく「氷」と染めてあった。べつに、立浪に千鳥、「氷」と染めた旗をたてた店もあった。このほうはよしず張りで、海岸に行けば今も見られる。

土間かたたきに縁台を並べ、その縁台には紺のへりのついたござが敷いてあった。そこに腰かけて、ブリキの匙《さじ》でのむのである。

ブリキの匙は、覚えているひともあるだろう。へらへらしておもちゃじみている。ブリキを機械で匙型に鋳抜《いぬ》いたもので、軽薄をきわめている。唇を切りそうである。箸《はし》における割箸みたいなもので、氷屋はもっぱらこれを用いた。

だから、氷はこの匙でのむもの、これでなければ気分が出ないと、私はいまだに心得ている。

氷あずき、氷いちご、氷白玉、べつにただのすい——私はもっぱらこれらをのんだ。コップが一々ちがっている。すいは五銭で一番安いから、コップも安っぽい。れんげのように、ふちにぎざぎざがあって、素通しか薄い青みを帯びている。

あずきは十銭。コップは厚く、まるく重みがある。ふちに赤い太い縞を一本ぐいと回してある。今の言葉で言えば、デラックスである。あずきは入れものまでデラックスだったのである。

いちごのコップは足つきで背が高い。巨大なリキュールグラスのようで、氷レモン、氷ブドウなども同じコップだったが、私は毛ぎらいしてのまなかった。氷はいちごまで、レモン、ブドウ以下は邪道だと子供心に排斥したのである。

昭和初年まで、氷は手でかいた。氷屋専用のかんながあって、ふちはたしか赤かった。それは脚をふんばった金具の上に据えてあった。

氷屋はまず冷蔵庫から氷を出して、その上にぬれぶきんを置く。いっぽう、コップに甘露《かんろ》をいれる。甘露というのは、たぶん煮つめた砂糖水だろう。それはいつも茶褐色の壺に保存してあった。その壺には鍋ぶたに似た小さな木のふたがのせてあって、氷屋はおもむろにそれをとる。そしてちっぽけな木のひしゃくでくみあげる。一杯、二杯、たしか三杯とはくまなかったと思う。

「すい」なら甘露だけで、その上から氷をかくが、種ものなら、あずき、いちごなどをいれて、その上からかく。あずきは本物だが、いちご、レモン以下はシロップである。

氷はかんなの刃の下から、白くかがやいてあらわれる。それをコップで受け、あふれるまでかいて、さて「お待ちどお様」。

子供はこぼれ落ちないように、両の手のひらでおさえる。おさえすぎると、ざくざくした氷の目がつまって、味が落ちるから、軽くおさえる。

氷の王様はあずきだろう。たぶん金時だろうが、そんなことは子供は知らない。それはねっとりとしすぎてもいけないし、ばらばらでもいけない。はじめ氷を掘るようにして食べ進むと、たちまち残りすくなになる。あまり惜しむと、氷はとけて水になってしまうから、急がなければならない。あずきと氷が、同時になくなるように上手に食べなければならない。

毎日のようにかくれてのんだせいか、氷水には思い出がある。それは私ばかりではないとみえ、ながくアメリカに住む一世の老人から、氷をかくかんなを送ってくれと頼まれたことがある。それは手でかくかんなでなければならない。ふちが赤く、金具の足がふんばったものでなければならないと、手紙には書いてなかったが、私は心にきめた。

昭和十年代のかんなはハンドル式である。ハンドル式でかくと、氷は目がこまかくなりすぎてまずくなる。はるばるアメリカへ送るのだもの、手でかくかんなでなければならないと、私は八方へ人を走らせてさがした。本当は明治時代のかんながいいのだろうが、それは私自身が知らないから勘弁してもらったが、コロラドの片田舎で、老夫婦はこれで氷をかき、あずきをいれ、白玉をいれ、はるかに故国をしのんだのだろう。かれこれ十年前のことである。

「カルピスつくって！」

阿古真理

昭和の後半は、百貨店に注文し宅配してもらうお中元・お歳暮のやり取りが盛んな時代だった。交際範囲が遠方まで広がり、親戚やお世話になった方々へ、品物だけを送る。贈答品のテレビCMだけが、風呂敷に品物を包んで挨拶に行った昔を伝えていた。

そのころ、うちへ届くお中元の定番商品の中にカルピスの四本セットがあった。濃い茶色のビンが、白い水玉模様の紙に包まれている。入っているのは、白いカルピス二本とオレンジカルピス、グレープカルピスの三種類。オレンジやグレープも好きだったが、一番のお気に入りは白いカルピスだった。

私を産む前、母はコカ・コーラにハマっていたらしい。「いろいろな国の言葉でコカ・コーラって印刷されたコップがうちにいっぱいあったやん。あれ、ママがたくさん飲んだんでメーカーからもらってんて」と妹がこっそり教えてくれる。そういえば、私を出産するため里帰りした母の写真にはコカ・コーラのビンも写っていた。

ところがあるとき、コカ・コーラは体に悪い、という情報を得てショックを受けたらしい。私たちには、コーラやファンタなどの炭酸飲料を飲ませてくれなかった。冷蔵庫には体によさそうな麦茶とヤクルト、牛乳、ポンジュース、そしてお中元でもらったカルピスが常備されていた。

その中で私が一番好きな飲みものが、甘酸っぱいカルピスだった。しかしあれは、幼い子どもが独りで飲めるようなものではない。原液を水で薄めなければならないからだ。

あれは四歳のときだった。なぜか早朝に目覚め、「カルピスが飲みたい」と思った。そこで薄暗い台所に行き、冷蔵庫を背もたれにして座って待つことにした。「ママが起きてきたら、カルピスをつくってもらおう」と思ったのだ。少しずつ明るくなってくる誰もいない台所で、冷蔵庫のジージー言う音を聞いていた。

陽射しがすっかり白くなったころ、父の朝食を準備するために起きてきた母は、さぞかし驚いたことだろう。幼い娘が台所に座り込んでいる。そして顔を見るなり「カルピスつくって」と言う。何を考えているのかと思っただろうが、「まあ驚いた」と言うだけで、母はちゃんとカルピスをつくってくれた。ごくごくと飲むと、甘酸っぱくてまろやかな味がする。これを飲みたかったんだ。

私のカルピス好きは、牛乳嫌いと反比例していた。乳製品特有の乳臭さがダメだったのだ。給食の薄い牛乳はまだ飲めたが、うちにあったコープのロングライフ牛乳は、濃くて苦手だった。遠足で行った六甲山牧場で飲まされた搾りたての牛乳は、さらに濃厚でいただけなかった。

それなのに、母は「体にいいから牛乳を飲みなさい」と言う。コップに入れた冷たい牛乳を嫌がるので、ミロを加えたり、コーヒーを加えてコーヒー牛乳にしたり、あげくの果てにカルピスを混ぜたカルピス牛乳も飲まされた。ドロリとヨーグルトのようになったそれは、大好きな甘酸っぱさのかけらも残っていないように思えた。

中学生になると、牛乳代と言って、毎日百円を渡されるようになった。学校にある自動販売機で毎日紙パック入りの牛乳を買う私に、ある日友だちが言った。「あんた、親の言うとおりにするん？　言わなきゃわからへんのに」。親の言いつけは絶対だと思い込んでいた私に、新しい世界が開けた瞬間だった。

そんなころに出合ったのが、カルピスソーダだ。世に出たのは一九七三（昭和四十八）年、全国発売は翌年で私が六歳のときである。友達の一言のおかげで開眼した私は、炭酸飲料を解禁し、カルピスよりカルピスソーダをよく飲むようになった。

大人になってお酒を飲むようになると、カルピスチューハイにも出合った。何でも割れるのだ。そして、一九九一（平成三）年、あらかじめ割ったカルピスウォーターが出る。ミネラルウォーターが流行り始めたころで、水道水で割るよりクリアな味わいがするように感じたものだ。前の年には初のペットボトル入りお茶「お〜いお茶」が出ている。平成とともに、水やお茶を買う習慣が定着し、同時に入れる際のひと手間が嫌がられる時代が始まる。

カルピスウォーターは気に入ったが、外で買ったり注文する飲みものの選択肢もふえて、それほどひんぱんには飲まなくなった。

再びカルピスを原液からつくるようになったのは、四十歳を過ぎたころからである。年齢とともに、人工っぽい味の新しいジュースや味が強い缶コーヒーについていけなくなった。夏の喉を潤すのに、飲みやすくて甘いものはないか、と思って探していたら、カルピスが紙パック入りでスーパーに売られていることに気がついたのだ。五百ミリリットル入り（現在はペットボトルになって四百七十ミリリットル入り）が三百円を切る。原液のカルピスは高級品だと思っていた。なんだ買えるじゃん。それで、真夏は冷蔵庫にカルピスを常備するようになった。

今は原液から薄めて飲んだほうが、カルピスウォーターよりカルピスらしい味がするような気がする。氷を入れて、お風呂上がりに飲む。何だかホッとする。ビールの苦味があまり得意でなくアルコールに弱い私には、これが一息入れるもの。懐かしい、この甘酸っぱさ。この酸っぱさが、カルピスウォーターにはあまりない気がする。何しろカルピスウォーターには、脱脂粉乳や香料など水以外のものがいろいろ入っている。

最近、ふとしたはずみでエビアンの残りを入れたら、いつもより爽やかな味がした。入れる水が変われば味は変わる。友人は、アイスクリームにかけて食べるのだそうだ。カルピスのアレンジ法はいくらでもある。そういえば、メーカータイアップのレシピ本が流行った二〇一一（平成二十三）年に『カルピス社員のとっておきレシピ』という本が出ていた。

カルピスを飲み始めたのと同じころから、夏場はポンジュースも常備するようになった。日々の料理はすっかり母の味から遠ざかったが、嗜好品のジュースに関しては、幼児期の刷り込みは確かに効いている。

清涼飲料

古川緑波

九月の日劇の喜劇人まつり「アチャラカ誕生」の中に、大正時代の喜歌劇（当時既にオペレットと称していた）「カフエーの夜」を一幕挿入することになって、その舞台面の飾り付けの打ち合せをした。

日比谷公園の、鶴の噴水の前にあるカフエー。カフエーと言っても、女給のいる西洋料理店の、テラスである。

となると、誰しもが、当時そういうところには必ず葡萄棚が出来ていて、造花の葡萄が下っていたり、季節によっては藤棚になったりしていたもんだねえ、と言い合った。そして、その棚からは、季節におかまいなしに、岐阜提灯が、ぶら下っていた。岐阜提灯には、三ツ矢サイダー、リボンシトロンなどの文字が見えた。

「金線サイダーってのがあったな」

誰かが言った。そうそう、金線サイダーってのは、相当方々で幅を利かしていたっけ。清涼飲料、何々サイダーという広告。

清涼飲料という名前は、うまいなあ。如何にも、サイダーが沸騰して、コップの外へ、ポンポンと小さな泡を飛ばす有様が浮んで来るようだ。

清涼飲料にも、いろいろあった。と「カフエーの夜」から、思い出が又拡がった。

金線サイダーも、リボンシトロンも、子供の頃からよく飲んだ。が、やっぱり一番勢力のあったのは、三ツ矢サイダーだろう。

矢が三つ、ぶっ違いになっている画のマークは、それに似たニセものが、多く出来たほどだった。

その頃、洋食屋でも、料理屋でも、酒の飲めない者には必ず「サイダーを」と言って、ポンと抜かれたものである。

ビールや、サイダーに、「お」の字を附けたのは、何時の頃からであろうか。

三ツ矢サイダーの他に、小さい壜の、リボンラズベリーや、ボルドー、リッチハネーなんていうのもあった。が、それらの高級品よりも、われら子供時代の好みは、ラムネにあったようだ。

ラムネを、ポンと抜く、シューッと泡が出る。ガラスの玉を、カラカラと音をさせながら転ばして飲むラムネの味。

やがて、僕等が中学生になった頃だと思うんだが、コカコラが、アメリカから渡来したのは。

いまのコカコラとコカコラが違った。

第一、名前も、コカコーラと、引っぱらずに、コカコラと縮めて発音していた（日本ではの話ですよ）。そして、名前ばっかりじゃないんだ、味も、色も、確かに違っていた。

色は、いまのコーラが、濃いチョコレート色（?）みたいなのに引きかえて、アムバーの、薄色で、殆んど透明だったようだ。

味には、ひどく癖があって、一寸《ちよつと》こう膠《にかわ》みたいなにおいがする─兎《と》に角《かく》、薬臭いんだ。だから、いまのコーラとは、殆んど別な飲みものだと言っていい。コカコラの中に、コカインが入っていたってのは、その頃の奴じゃないだろうか。いまのには、そんなものが入っているような気がしないし、第一、うまくない。

尤《もつと》も、終戦直後、G I たちの、おこぼれを頂戴して飲んだ頃は、うまいなあと思った。僕は、併《しか》し、ペプシコーラの方が好きだったが。

春山行夫氏が東京新聞に書かれた「コカコーラの不思議」の中に、

……コカコーラは消防自動車のような赤いポスターや看板を出すので、美術の国イタリアは、その点を嫌がっている。……とある。

全く、コカコラの赤は、あくどい。

コカコラばっかりじゃあない。アメリカは赤が一番嫌いな筈だのに、宣伝や装飾には、ドキツイ赤を平気で使う。赤や黄色、青の原色そのままが多い。

これは然《しか》し、僕の観察によると、戦争前は、アメリカ自身も、もう少し好みがよかったと思うんだが如何だろう。

例えば、タバコのLucky Strikeだ。白地に、まっ赤な丸（日の丸ですな）のデザインでしょう、今は？　ところが、戦争前は、白地のところが、ダークグリーンの、落ち着いた色だった。それを覚えている方もあると思う。今のより、ずっと感じのいいデザイン、色彩。従って、タバコの味も、もっとうまかった。

いいえ、タバコの内容のことを言ってるんじゃない、箱のデザインや色が、よければタバコも、うまくなるって言ってるんです。ほんとなんだ、これは。

あの煙草が好き、こっちの方がいい、という人々は、各々の好きな、デザインの、好きな色の箱を選んでいる場合が多い。例えば、キャメルが好き、ラッキイ・ストライクでなくっちゃいけないっていうような、タバコ好きでも、まっ暗なところで、一本吸わして、それが何という煙草か、ハッキリ判ることは、めったにないものである。

タバコなんて、そんなものである。

タバコのデザインばっかりじゃありません。昔はコカコラの広告にしたって、真っ赤な消防ポンプじゃなかった。もっと、まともな顔をしていた、確かに。

食べものの味にしたところで、アメリカ料理は、まずいという定評だが、戦前は、アメリカだって、もっと美味かったんじゃなかろうか。それは、僕が度々書いていることだ、少くとも、東京に於けるアメリカ料理は、戦前の方が、ずっと美味かったんだから、本国の方もそうだったんじゃないか、と思うんです。

してみると、戦争って奴が、アメリカ自身の文化をも、ブチこわしたんだな、つまり。

アメ湯追憶──律義なソ連のアイスクリーム屋

檀一雄

戦前の日本の海水浴場にならたいてい、どこにでもあったもので、この頃とんと見かけなくなったものに、アメ湯がある。

そのアメ湯が一体どのようにして作られていたものか、私は知らないが、おぼろげな味の記憶から想像すると、まずザラメのシロップを作って、これを薄め、片栗粉の水トキでいくらかとろみをつけたあとに、おろしショウガの匂いと辛味をきかせたものだと考えても、大して間違いじゃないだろう。

とにかく、さんざん泳いだ挙句、海浜の茶店に這い上がって、熱いコップ一杯のアメ湯をすすると、口の中いっぱいに、葛ときのアメ湯の甘味がまつわりつき、ショウガの匂いと刺戟がちょうど気つけ薬のあんばいで、まったく、生き返るような心地がしたものだ。

一杯が、さあ、五銭か十銭。

どうして、あんなに痛快で、実質的な、海浜の飲み物が亡んでしまったのか、私には、残念にも、また不思議にも、思われてならないものだ。

コーラだの、ジュースだのも、結構だろうが、泳いだ後は、アメ湯に限る。ひとつ、アメ湯を大々的に瓶詰めにして、海浜に売りだして、その自動燗付け器まで販売してみたらどうだろう。それでも、もう今日の、カッコイイ青少年男女諸君はアメ湯など見向きもしないだろうか。

それなら、ひとつ思い切って、ロシアの「クワース」でも売りだしてみたいものだ。ロシアの夏の街をブラついていて、なにか飲みたいなと思ったら、まずは、「クワース」か「アイスクリーム」ぐらいのものだろう。「クワース」というのは、まことに野暮ったい、玄妙な飲み物であって、おそらく、戦前の、日本の海浜の、アメ湯と好一対の、飲み物だろう。

この「クワース」を運んで売っている手押し車がまた愉快な、大時代な、シロモノで、まるで撒水車か、前世紀の蒸汽機関をでも見るような感じがする。さて、コップ一杯いくらだったか。一カペイカか二カペイカだったような気がするから、邦貨に換算して、たしか、五円かそこいらの値段だったろう。

「クヴース」というのは、ロシアの赤ッ茶けたパンだの、林檎だのを、熱湯に通して、そのお湯に心持ち、砂糖やハチミツなどの甘味をからませ、時間をかけて発酵させたものである。

イルクーツクのアンガラ川のほとりだとか、リガのフシュー湖のほとりだとか、いやいや、どこの町だって、公園の入り口のあたりに行けば、きっと「クヴース」の手押し車はあるだろう。

暑い夏の日に、大仕掛けな車を押して売っているのだから、冷たい飲み物だろうと思えば、さにあらず、電気冷蔵庫とか氷で冷やした「クヴース」など、とんとありついたためしがなくて、私の飲んだ「クヴース」は、いつも天然の温度であり、この天然の温度の「クヴース」が、なんとも、野暮で、沈着で、玄妙な、好飲み物に思われたものだ。

ちなみにいっておくが、ロシアのアイスクリームはたいそう私の気に入った。甘味がほどほどで、日本のアイスクリームのように、媚びへつらうふうがない。

値段はたしか、一杯十九円だと思ったが、私は日頃アイスクリームなどを喰べる習慣でもないのに、わざわざ行列の中に割り込んで、ロシアのアイスクリームだけは、買って喰べたものである。

ソビエトの名誉の為にいいそえておくけれども、ソビエトにアイスクリームが不足しているから、行列をつくっているわけではなさそうだ。律義なのである。日本だったら一杯五十円なら、五十円、いい加減に、コーンカップの中へつぎ込んでドサドサ売ってしまうところを、ソビエトはいちいち計量するのである。定量のアイスクリームをはかるのが、念入りで、手間取るから、そこで行列ができてしまうもののようだ。

その証拠に、といったらおかしいが、クリミア半島の近くに、シンフエロポリという飛行場がある。その飛行場で、飛行機乗り換えの待ち時間が二時間ばかりあり、ちょっと腹もへったような気がしたから、食堂にはいっていった。コーヒーとソーセージを売っているのだが、行列をつくっている。

なんの気もなく、その行列に並んだのが、運の尽きであった。行列は二進《にっち》も三進《さっち》も前進しない。前進しない訳はないではないか。皿に二本のソーセージを並べるだけで、どうして、そんなに時間がかかるのだろうと、私は不思議でならなかったが、よくよく観察してみると、その一皿二本ずつのソーセージの目方をいちいちはかっているのである。目方をはかるだけでも手間取るのに、その目方を、今度は値段の方に換算する。いってみれば、百十六グラムになるから、九十八円になり、百二十グラムになるからええと百何円……、その計算に翻弄され惑乱されて販売の方は一向にはかどらず、行列は、さながらナメクジが前進するような有様だ。

これが日本だったら、一皿百円。多少の大きい小さいなどいってたら、後ろの行列からドナられるだろう。

私はロシア人の律義さに大いに感じ入って、行列からはずれなかったけれども、ちょうど私の二人前のところまで来て、時間切れになった。乗り換えの飛行機が飛ぶというのである。

あんなに口惜しかったことはない。お陰でとうとう、シンフエロポリのソーセージの味も書き記すこともできなくなったわけだ。

真夏の冷やし飴

松井今朝子

二〇一〇年の七月に、私は東京から埼玉の大宮という町に引っ越した。地名の由来である氷川《ひかわ》神社には全長二キロにも及ぶ立派な参道があり、そこは鬱蒼とする並木に彩られたとてもいい散歩道だ。途中で憩える茶店もちらほらする。

一軒の店に「冷やし飴」という張り紙を見つけて、私は思わず店の人に質問した。

「それって飲み物ですよね？」

「はい、そうですよ」

「すぐに飲み物だとわかる人いますか？」

「ああ、そういうと皆さんよくヒヤッとするドロップみたいなもんを想像されるみたいですね」

そりゃ、そうだろう。関西から関東に移住して四十年になるが、これまで冷やし飴を出す店にはついぞお目にかかったことがない。なぜ氷川参道にそれがあるのか不思議に思いつつ、さっそく注文して昔の海水浴を懐かしんだ。

冷やし飴は麦芽糖《ばくがとう》の水飴をお湯で溶き、生姜の絞り汁を入れて冷やしたもので、麦茶のような色をしている。要するに和製ジンジャーエールだと思えばいい。生姜の成分が体を温めるからだろう、関西だと昔は海の家で必ず飲めた。海水でいがらっぽくなったのどによく効いたし、飲めば気分もすっきりした。

海の家といえばかき氷も懐かしいが、これは氷削機の違いによるのか、あるいは氷自体の質が変わったのか、昔はもっとキメが細かかったように思う。シロップをかけるとそこがたちまちごそっとくぼんでしまうくらい、本物の綿雪のように儚《はかな》げで、今よりずっと美味しかった。

そのうちフラッペなるものが登場して、これは洒落《しゃれ》た呼び名のわりにどうも粗っぽくてドライな印象だった。東京に来た当座はかき氷を注文してもフラッペのようなキメの粗いものばかりが出てくるのにがっかりして、風土の違いかと思っていたのだけれど、残念ながら今は関西でもそう変わらなくなった気がする。

海の家のおやつで東西の食べ方が今でもはっきりと分かれるのはトコロテンだろうか。関東はまず酢醤油で、黒蜜をかけて食べる人はめったに見かけないが、関西人は両用で黒蜜派がやや多いのではなかろうか。私自身は関西にいた頃から酢醤油派だった。江戸時代は東西を問わずアマカラ双方に食べ分けていたようで、甘党は砂糖やきな粉をかけたらしい。

トコロテンを漢字で書けば心太で、知らなければちょっと読めない。そもそも心太はテングサの異名として奈良時代の文献から見える。テングサを加工した食品は早くも平安時代に登場し、当初は文字通りココロブトと呼ばれていた。それが室町時代にココロテイというようになり、ココロテンからさらに変化して江戸時代でやっとトコロテンに落ち着いたそうである。

今はパック入りがスーパーやコンビニで手軽に買えるが、私が子供の頃は必ずお店の人が長方体のかたまりを四角い目の金網張りにした水鉄砲のような道具に入れて、その場で突きだしてくれた。ニョロニョロと突きだす感触がえらく面白そうで、それを見るたびに自分でやらせてほしくてたまらなかったものだ。

盛夏の麦茶

遠藤周作

夏の暑い日の飲み物は結局、氷のように冷えた麦茶に尽きるようである。

私はいわゆる色つきの清涼飲料水などを余り好まない。夏の日に喫茶店などに寄っても、私のほしいのは日本茶と、よく熱湯でしぼったタオルだけであり、いわゆる冷した珈琲《コーヒー》、冷した紅茶はほしくない。

それでは私が珈琲が嫌いかというと、そうではなく、かつて仏国《フランス》に留学していたころは、市巷を漫歩する時はキャフェに寄り一碗の珈琲をすすって、路ゆく人々の顔や服装を観察することを何よりの楽しみとしていた。

そしてまた私は現在の東京にうまい珈琲を飲ませる店が沢山あることを知っている。友人、安岡珍斎君はこの珈琲にかけては眼のない人である。彼はまず珈琲の陶器の光沢をながめ、仏国風に陶器のフィルトルを使い、芳香をふくんだ一滴一滴がさながら砂時計のように茶碗に落ちる間、しずかに桜の根っ子で作ったパイプをふかす人である。また世之介君はロンドン子の如く、日常生活に紅茶を欠かさない。一昨年ロシアに遊んだ私が彼のために、雪のモスクワから銀のサモワールを送ることを忘れなかったのもそのためである。

世之介君はまず紅茶茶碗を両手にもち、しばらく掌の熱と紅茶の熱との通いをたのしんだ後、それを二、三枚のビスキュイと共に眼を細めつつ静かにするのである。本当に紅茶の好きな人の仕草といえよう。

そういう二人から珈琲、紅茶の話をきかされる以上、私がこれらの飲み物を嫌いになるはずはない。私はむしろクリスマスちかい冬のさむい日に、窓の蒸気でくもった銀座のレストランで、外を歩く男女の冬姿をながめながら、舌の焼けるように熱い珈琲をすするのも好きである。

しかし夏の日に、喫茶店で冷した珈琲をすすめられるのは御免なのだ。あの冷し珈琲とやらはおそらく日本だけの飲料だろうが、そこには珈琲独特のとろけるような匂いも味もない。

私は夏は麦茶を飲む。それもよくよく、体の芯まで冷えるほど冷した麦茶を飲む。暑い日ざかりに、外から我が家に戻り、木綿のゆかたに着かえて、私は簾《すだれ》の下にすわり、庭から吹き入る風をたのしみつつ、熱い紅茶を息を吹きつつ飲む。それからしとどに汗の出たところで庭に打水をしてから今度は麦茶を飲む。これで暑さは奇妙に消えるのである。我が家は土用の日でも長火鉢に火は決してたやさず、鉄瓶は松風の音をいつもたてているので、熱い茶をすぐに飲めるのである。

麦茶といえば私は一つの思い出をもっている。

少年のころ、私は洛北の嵯峨野を愛し、休日、よく電車に乗って（私はそのころ阪神の西宮市にいた）京都に行き、嵯峨野を『平家物語』の一節を思いだしつつ歩いたのである。私はある夏の日、咽喉の乾きをおぼえながら、あの有名な落柿舎《らくししや》によった。そのころ落柿舎に訪《おとな》う人の影もなく、開け放した家の中に柿の青葉の翳《かげ》が青くうつり、一人の婆さまが針を動かしていた。

私の求めに婆さまは竹を切った筒を運んでくれたが、その竹づつの中には、咽喉の痺れるように冷えた麦茶がなみなみと充たしてあって、その甘露な味は今日も忘れていない。

おらんくの『店』

山本一力

十月最終の土曜日、仕事で郷里高知に滞在していた。

打ち合わせが予定より早く終わり、何時間かの隙間ができた。南国土佐といえども、十一月目前の小雨模様は肌寒い。

サウナに行こう。

予定外のボーナスのような時間を使って、たっぷりと汗を流した。身体の芯まで温まり、軽い足取りで定宿『高砂』へと向かった。

汗を絞り出したあとの身体は、渇きを訴えている。上戸《じょうご》ならビールだろうが、わたしはコーヒーがいい。

夕暮れの迫った土曜日は、自分の足音が響くほどに町は静かだ。そんななかで、物

山本一力

静かな立ち姿の喫茶店に出会った。

ガラスのはまった木製のドアには、上部にベルがついている。戸を押すと、チリリンと鈴が鳴った。

「いらっしゃいませ」

店のたたずまいを思わせる、控え目ながらも潤いに満ちたアルトの声だ。

チェック柄の三角巾で、ヘアをおおっている。すらりと伸びた長い脚と、後ろで束ねたロングヘア。

上背のある女性が、ひとりで切り盛りする喫茶店だった。勧められた白木のテーブルには、手作りのメニューが置かれている。

店に入るまでは、熱いコーヒーを思い描いていた。が、目の前の女性を見るなり、なぜかアイスティーを注文した。コーヒーよりも、紅茶が似合う店だと思えたからだ。

供されたアイスティーは、分厚いグラスに入っていた。氷の透明感と、紅茶の濃い色味の調和が美しい。

シロップは、コルク栓のついた緑ガラスのボトルに詰められている。

内装も家具も器も、いかにも彼女の好みが反映しているようである。シロップを加えぬまま、生《き》のアイスティーに口をつけた。

渇いた喉には、ほどよい濃さの紅茶が美味い。アイスながらも、香りまでしっかりと残っていた。

小さなガラス皿には、カスタードプリンが載っている。店のサービスだという。アイスティーとプリン。

店の雰囲気もグラスの美しさも、女性客なら形になるだろう。が、こちらは五十六のオヤジだ。

甘いものには目がない。しかしおのれが口にしている姿を想像すると、スプーンに手が伸びなくなった。

笑みを残して、彼女はキッチンに戻った。当方のためらいを察したようだ。

店に他の客はいなかった。テーブルからは、キッチンが見えない。つまり、人目はないのだ。これ幸いと、プリンを味わった。

美味い。キャラメル・シロップと、プリンの甘味とが、互いに補い合っている。その極上の甘味を口に残したまま、アイスティーを。

たちまち、グラスが空になった。喉の渇きは、まだ治まっていない。もう一杯、同じ品を注文した。

二杯目も美味い。今度のサービスの品はクッキーで、別の味を楽しませてくれた。

BGMもなく、店内はゆったりとして、静寂である。ドアの向こうには、路面電車が走っている。そのレール音が心地よく響いていた。

山本一力

店の名は『レフジェ』。「隠れ家」という意味だそうだ。

場所は、はりまや町三丁目。街中にありながら、まさに隠れ家の息遣いである。

「こどものころから、ケーキを作りたかったんです」

オーナーで、料理人で、ケーキ職人の彼女は、八年前に『出店の夢』をかなえた。

高知市内のホテルでケーキ修業を積んだと聞いて、クッキーもプリンも見事なわけだと得心した。

町から、個性的な喫茶店が大きく減った。そんな環境のなかで、小さいながらも八年続いている、隠れ家。

店を支えるのは客だ。

『おらんくの店』を守る、高知のひとを誇りに思う。

目秤り手秤り

沢村貞子

拭いても拭いても、額のはえ際にジットリ汗がにじむような蒸し暑い日、母はよく白玉をこしらえてくれたものだった。

「暑さよけにはこれがいちばんさ」

ガラスの小鉢にいれた十粒ほどのまゆだま型のおだんごに、ブッカキ氷を三つか四つ、上から白砂糖をほどよくかけて、匙《さじ》でかきまわす。氷とガラスがふれあう涼しい音。すべすべした白玉の舌ざわり。冷たく甘い水の味のよさ——キャンディーもアイスクリームもめったにない頃だった。

もち米を細かく挽《ひ》いて、晒《さら》した白玉粉を水でこね、掌で親指の先きほどの繭型にまるめる。鍋にたぎらせた湯の中へ、はじからソッとすべりこませ、ポッカリ浮きあがったら出来上り。丼鉢の水の中へ、一粒ずつ掬《すく》っては、冷やしてゆく——母の素早い指のうごきに、小娘の私はいつもみとれていた。

梅雨があけ、カーッと照りあがったある日の午後、母から、

「チョイと出かけてくるからね、白玉をいつもほどこしらえておくれな。父さんも今日は早く帰ってくるからね。お前、ひとりで出来るだろう?」

そう言われて嬉《うれ》しくて、ニッコリうなずいたものだった。

けれど、二時間ほどして母が帰ってきたとき、私はぐったり疲れて台所に坐っていた——大きな洗い桶いっぱいの白玉を前にして……。

のぞきこんだ母は目をまるくした。

「オヤオヤ、こりゃあ、まあ……二十人前はたっぷりあるね」

たしかにそのくらいはあった。私はそんなにこしらえるつもりじゃなかったのに……。

つまりは、粉と水の割合のせいだった。母から渡された一袋の白玉粉を丼にあけ、蛇口から水をジャーッといれたら、シャバシャバになって、どうにもかたまらない。仕方がないから通りの乾物屋へ駈けだして、白玉粉を買ってきて、丼の中へサッと入れると——固すぎる。水をいれる。柔かすぎる。とうとう、三度も乾物屋へ走るハメになり、あげくの果てに桶いっぱいの白玉ができてしまった、というわけだった。

「こういうものはね、いきなりザッと水をいれちゃいけないよ。目秤り手秤りといってね、固さ柔かさ、自分の目と手でよく計らなけりゃあ……。蛇口の水を掌のくぼみに受けて、白玉粉の上にそっとあけて、おおよそ水がまわったと思ったら、あとはホンのひとたらしずつふやしながら、耳たぶほどの固さになるように、丁寧にこねなけりゃあ……」

計量カップもスプーンも使っていなかった母から、こうしてものの加減を仕込まれた私は、いまだになんでも目分量、手加減で料理する癖がついている。

昭和十六年に、料理研究家の沢崎梅子さんが、婦人之友社から『家庭料理の基礎』という本を出版されている。その中の、目秤り手秤りの項は教えられることが多かった。

たとえば、掌の幅はおよそ一〇センチ。親指の長さは五センチ。その幅は二センチ。小指の幅は一センチ見当ということを知っていれば、なにかと重宝する。さつま芋を二センチ角のサイコロに切ってかき揚げでもしたいとき、自分の親指をチラリとみれば、丁度いい大きさに切れる、というわけである。

鍋の深さが人さし指ほどあって、さしわたしがその二倍あれば、そのなかには四合の水がはいる。二合いれたいときは、半分までいれればいいということも、覚えておいていいことだろう。

材料を片手にのせてはかるときは、玉子四つで——二〇〇グラム。同じくらいの大きさの根菜（里芋、にんじん、さつま芋など）も、四つで二〇〇グラムだけれど、それを細かくきざんだものは、同じ掌いっぱいでも一〇〇グラムになる、という。

塩は一握りで大匙二杯分。小指と薬指をはずしてつかめば大匙一杯分。同じその三本の指でも、指の先でつまめば小匙半分。親指と人さし指の二本でつまめば小匙四分の一、というのもはじめて知った。

念のため自分でその通りにつかんで、それを計量スプーンではかってみた。私の指は節が高くなっているから、もうすこし多くなるのではないか、と思っていたが、ほとんど、ここに書かれた通りだった。

ただ、このごろは塩の質が変っているので、三本指でつかむと、指の間からサラサラこぼれて、多少分量がちがう。私はもっぱら、漬物用の天塩のとき、このやり方を使っている。

私の母は、野菜をきざむとき、自分の口の幅を考えなさいよ、それより大きく切ると食べにくいからね、と教えてくれた。それなら、大きな口の人に切ってもらっちゃ困るってわけね、と言ったら、そういうことを言うのは、へらず口さ、と叱られた。

とにかく、目や手ではかる昔ふうのやり方は、慣れるとなかなか工合がいい。外の仕事の合間に、台所を走りまわる私にとっては、まことに便利な方法で、スプーンやカップをさがす手間がはぶける。ただし、この秤りは自分でよくよく使いこんでおかないと、役に立たないどころか、とんでもない失敗をすることになってしまう。

さあ今日も、この指をせいぜい働かせて、おいしい白玉をこしらえましょう。

みつまめ―そこはかとなく年の違う妹のような思い。

池部良

蜜豆なんて、婦女子のやくたいも無い食べものと固く信じていたが、今にして思えば、かなりご厄介になり、そこはかとなく年の違った妹のような思いを抱いている。

蜜豆は、全国的なものか、東京界隈で生れ育ち親しまれたものかは知らないけれど、江戸っ子のおやじとおふくろを持ち、大森とは言え東京で生れた僕にとって、東京の風物を彩る洒落《しやれ》た食べものといった思いがある。

郷愁さえ掻き立てられる。

僕が産声を上げて、二十四歳で軍隊に採られるまで暮していたおやじの家は、大森という東京の郊外みたいなところ。

乾海苔《のり》、穴子、鱸《すずき》などなど、江戸前の粋なものが獲れて、些《いささ》かの江戸っ子的気分になれたが、やたらに蚊はいるし、ちょっと山の手に入ると、そこは太古を偲ばせる森続きの丘が広々と伸びていて、とても、此処が東京だとは思われない森森とした景色だった。

おやじもおふくろも、東京の下谷や京橋で生れた人だから、顔には出さなかったが、東京下町の、人の付き合いも賑々しい雰囲気にはノスタルジアを感じていたようだ。

僕の小学校六年生のときだったか、中学校へ入りたてのときだったかは忘れているが、何れにしても、夏休みに入る前だったと覚えている。

日差しも濃くなりかけた朝。

木造平屋の母屋から、十メートルばかり離れている画室——おやじは絵描きだったから、一日中、画室に閉じこもって油絵や新聞に掲載する社会戯評漫画を描いていた——の北側の大きなガラス窓が開く音がして「おーい、おこう」とどなる声が、母屋の居間に飛んで来た。「お母さん、お父さんが呼んでるみたいだよ」と言ったら、掃除、洗濯を終えて、煎餅を齧っていたおふくろが、

「用があるんだったら、自分でこっちへ来ればいいのよ」とぶつくさ言いながら、立ち上り台所を通り抜けて、画室に、小走りで行った。

すぐに戻ってきた。

「良ちゃん、表の通りに蜜豆やさんが来てるんですって。蜜豆を買ってらっしゃい、

って」

「買ってらっしゃい」ってお母さんが頼まれたんだろうから、お母さんが行けばいいのに、わざわざ僕を使いに出すなんて、どういうつもりなんだ、と抗議したかったが、十二歳の子供には抗議する文句が思い浮かばなかったし親には孝行なんてことを詰めこまれていたから、素直に「はーい」と返事して、おふくろが持たせてくれた五十銭銀貨一枚を握って、台所口を出たところで、

「おーい。良」と画室の窓から浴衣姿の上半身を乗り出したおやじに呼び止められた。

「良、闇雲に駆け出したって、しょうがねぇだろ。蜜豆って、何だか知ってんのか」と言う。そう言われてみれば「みつまめ」って初めて聞いた言葉だ。

おふくろから五十銭銀貨を渡され、「買って来て」と言われたから、取り敢えず居間を飛び出したに過ぎない。

「みつまめ、って、なーに?」と聞いたら、

「ばかやろ。分ってねぇで、何を買いに行くんだ。蜜豆ってのはな、寒天を固めて、賽《さい》の目に切って、そいつに甘い蜜をかけて食うもんだ」と言ったから、

「かんてん、って、なーに」と言ったら、

「かんてん、ってのはな……ばかやろ、そんなこと説明してる暇はねぇ。蜜豆やが遠くへ行っちまう。早く行け。

だがな、こんな大森なんて田舎に、下町情緒纏綿《てんめん》の蜜豆やが現れるとは驚いたな」と言った。

「お父さん、じょうちょてんめん、て、なーに」と又聞いた。

「情緒纏綿、か。うーん。ま、いい感じって奴かな。余計なこと聞くな。蜜豆やに逃げられちまうぞ」と大声を出された。

とにかく、何も理解出来ずに駆け出そうとしたら、

「待て、良。こんな田舎にやって来る蜜豆やなんざ、俺やお母さんが生れた下町の下谷とか京橋辺りにやって来る蜜豆やとは違って、粋な人間が売ってるわけじゃねぇだろうから蜜豆も一人前たって、ちびっとしかねぇと思う。家は四人だから四人前でいいわけだが、それじゃ正味二人前ぐらいしか寄越さねぇと思うから、思い切って、十人前買って来い。高ぇものにつくが、大森で蜜豆が口に入るとは思いもしねぇことだったから、そのくらいの金を出しても、楽しめれば御の字だ」と言う。

「おんのじ？　そんなもの売ってるの？」

「お前は俺の倅のくせに、何も知らねぇな。有り難い、ってことだ。——そんなとこで、間抜けな顔してないで、早いとこ蜜豆やを捕えて買って来い。いいな。十人前だぞ」とどなって窓を閉めた。

蜜豆やなんて、どんな格好している人なのか教えてもらわなかったから、潜り戸を

出て表の狭い道の左右を見たら、左、遙か、茂った木樹に覆われた小山の方、百メートル先にベルを鳴らし、リヤカーを引いた麦藁帽子を被り、紺地の半纏を着たおじさんの背中が見えたから、そっちに向って走った。

麦藁帽子のおじさんは、不精ひげを生やしていたが、優しい声で、

「そうだよ。おじさん、蜜豆やだよ。

十人前だって？　坊っちゃん家《ち》、ずい分沢山の人がいるんだね。おじいさん、おばあさんが一人ずつ。おとっつぁん、おっかさんが一人ずつ。坊っちゃんの兄弟が六人。なるほどね」とひとしきり感心してから「有り難うございい」と言って、

「ありゃぁ。坊っちゃんよ。寒天を入れるどんぶりかなんか、持って来ねぇの。おじさんは入れもんまでは持って来てねぇんだよ。

寒天、大きな四角いまんまじゃ、坊っちゃんにゃあ持てねぇだろうしよ」と困った顔をして帽子を持ち上げ、頭を掻いた。

「どんぶり、持って来ればいいの？」

「そうだね、どんぶりのでかいのを持って来なよ。待ちなよ。十人前じゃ、どんぶりだと間に合わねぇな。洗面器か大きな鍋がいいな」

僕は、走って家に戻った。

「お母さん。蜜豆やさんが、寒天入れるから洗面器か、お鍋持って来いって」と言っ

たら、

「蜜豆買うのに、洗面器が要るの？　洗面器、今、お父さんの猿股と靴下を洗濯するんで入ってるから駄目よ。お鍋は、これからお魚煮るんで……。

良ちゃん、蜜豆やさんに、寒天なんて食べるものを、洗面器に入れるなんて、どういうつもりなのかって、聞いてらっしゃい」と叱られたから「お父さんに、十人前買って来いって言われたからって、蜜豆やさんに、そう言ったら」とおやじに言われたままを話した。

「まあ、十人前？　余分の六人前、ご近所に配るのかしら。いつも、ご近所の人達とは、食べもののやり取りはするな。お返しだ、何だって、心にもない付き合いが出来て、切りがない、って言ってるくせに」と言ったおふくろは、黙って台所に下りて行き、味噌汁を作る鉄鍋を僕に持たせた。

蜜豆やのおじさんは、リヤカーに積んである大きな白木の箱の引き出しを開けて、水に漬っている寒天の固りを取り出したが、

「こりゃ、駄目だ。賽の目に切っちまったらそんな鍋じゃ溢れちまうよ。坊っちゃん、固りのまま持ってって、お母さんに切ってもらいな。蜜は徳利に入ってるまんま上げるよ。徳利はおじさんのおまけだ。これで、今日の商売はお終いだか

らな。

はい、十人前、五十銭戴きます」と言った。

その日の昼食の後、蜜豆を食べた。

「蜜豆なんざ、小粋に食うもんで、匙で五杯がいいとこだ。蜜豆を、四人前でも多いってのに、十人前も買って来いなんて、おこう、お前がそう言ったのか。お前だって京橋生れだ。粋の一つも分らねぇのかな。

ま、大森辺りに出て来る蜜豆やは、粋ってものを知らねぇから、致し方ねぇ話だが」とおやじはぶつぶつ言っていたが、その翌日からの五日間、朝食、昼食は蜜豆だった。

その夏、目が翳《かす》んだのが記憶にある。

蜜豆の食べ方

吉行淳之介

久しぶりに安岡章太郎から電話がかかってきて、話が一段落したあと、

「京都の漬物があるけど、届けようか」

「似たものがいまあるから、いらない」

「なにか、いらないか」

と、やたらに呉れたがったあげく、こう言った。

「じつは、おれは蜜豆が好きでね。ときどき、浅草まで買いに行かせて、誰にもやらないで一人で食べるんだよ」

「おれも、じつは好きでね、缶詰のを食べることがある。それは、黒蜜か」

「もちろん、黒蜜である。それに、缶詰ではない」

「それでは、君の分を買うとき、おれのも三つ四つ買ってきて、それをください」

と、頼んだ。

間もなく、蜜豆を十個、届けてくれた。冷蔵庫に入れておけば、一週間は保つという。あんみつのほかに黒豆と寒天だけのものもあって、安岡の書いた説明書が添えてあった。これを、紹介してみたい。

『豆カンの食べ方、図のようにします。なるべく最初は豆を多く食べ、カンテンを後に残す方がよろしい』

寒天の入った器の右上に黒豆、左上に黒蜜の容れ物が描かれてある。黒豆からも黒蜜からも、寒天に向って矢印が突き出ている。毛筆の簡略な線になかなか味があるし、蜜豆の絵というところが可笑しい。

さっそく食べてみると、これが旨い。豆の煮方に秘伝があるのだろうか、舌ざわりに俳味《はいみ》のようなものがあって結構だった。

礼の電話をかけて、あんみつについての安岡の話を聞いて、驚いた。

私の記憶では、あんみつが最初に登場したのは昭和十年頃のことで、銀座の月ヶ瀬の発明であった。『みつまめをギリシャの神は知らざりき』というコピイも月ヶ瀬がつくった。女子供の間には、あんみつブームが起った。

ところで、安岡がはじめてあんみつを食べたのは、九段の梅月という店だったと言う。店の中の感じが「宝塚の楽屋」みたいで、入るのがはずかしかったそうだ。じつは私のあんみつ初体験も同じ店で、それから何度か行った。安岡のほうが四歳年上だから、彼は九段の市立一中の頃、私は麴町の番町小学生だったか、麻布中学に入っていたか。いずれにせよ、家が市ヶ谷にあったから、九段は近い。

五十年ほど前、その店に安岡と居合わせていた可能性は、ゼロとはいえないことになる。

くだもの

幸田文

モモはいま出ざかりだが、こればかりは気取っていてはおいしくない。膚の敏感なくだもので、刃物をいれるとその面が、とたんに変味して酢っぱくなる。ステンレスのナイフでそぐのも、うすっぺらな味だし、行儀わるくともやはりあんぐりとやって、指のあいだからつゆのあふれるのが、本当の味だろうと思う。

あるところで、かき氷の上に、三片のそいだモモをおき並べ、その頭へクリーム、さらにまん中へちょんとパセリを青くしてだされた。

まあきれい、とながめていると、悪口のじょうずがいて「タナざらしのイブニングね。」——飾りが豪華で、新鮮さに欠けてみえたのである。

スイカも食べにくいことは同じ。だが、思えばこのくだものたちは、相当の根性をそなえている。暫時だが、女にみえと行儀の〝わく〟をはずさせるのだから——。

水羊羹

向田邦子

私は、テレビの脚本を書いて身すぎ世すぎをしている売れのこりの女の子(?)でありますが、脚本家というタイトルよりも、味醂《みりん》干し評論家、または水羊羹《ようかん》評論家というほうがふさわしいのではないかと思っております。今日は水羊羹についてウンチクの一端を述べることに致しましょう。

まず水羊羹の命は切口と角であります。

宮本武蔵か眠狂四郎が、スパッと水を切ったらこうもなろうかというような鋭い切口と、それこそ手の切れそうなとがった角がなくては、水羊羹といえないのです。

水羊羹は、桜の葉っぱの座ぶとんを敷いていますが、うす緑とうす墨色の取合せや、ほのかにうつる桜の匂いなどの効用のほかに、水羊羹を器に移すときのことも考えられているのです。つまり、下の桜のおザブを引っぱって移動させれば、水羊羹が崩れなくてもすむという、昔ながらの「おもんぱかり」があるのです。

水羊羹は江戸っ子のお金と同じです。宵越しをさせてはいけません。傷みはしませんが、「しわ」が寄るのです。表面に水気が滲《にじ》み出てしまって、水っぽくなります。水っぽい水羊羹はクリープを入れないコーヒーよりも始末に悪いのです。

固い水羊羹。

これも下品でいけません。色も黒すぎては困ります。

小学生の頃、お習字の時間に、「お花墨」という墨を使っていました。どういうわけか墨を濃くするのが子供の間に流行って、杉の葉っぱを一緒にすると、ドロドロになって墨が濃くなるというので、先生の目を盗んでやっていましたが、今考えてみますと、何も判っていなかったんだなと思います。墨色の美しさは、水羊羹のうす墨の色にあるのです。はかなくて、もののあわれがあります。

水羊羹は、ふたつ食べるものではありません。口あたりがいいものですから、つい手がのびかけますが、歯を食いしばって、一度にひとつで我慢しなくてはいけないのです。水羊羹を四つ食った、なんて威張るのは馬鹿です。その代り、その「ひとつ」を大事にしましょうよ。

心を静めて、香りの高い新茶を丁寧に入れます。私は水羊羹の季節になると白磁のそばちょくに、京根来《ねごろ》の茶托を出します。水羊羹は、素朴な薩摩硝子の皿か小山岑一《しんいち》さん作の少しピンクを帯びた肌色に縁だけ甘い水色の和蘭陀《オランダ》手の取皿を使っています。

水羊羹と羊羹の区別のつかない男の子には、水羊羹を食べさせてはいけません。そういう野郎には、パチンコ屋の景品棚にならんでいる、外箱だけは大きいけど、ボール紙で着ぶくれて、中身は細くて小さいいやにテカテカ光った、安ものの羊羹をあてがって置けばいいのです。

ここまで神経を使ったのですから、ライティングにも気を配ろうじゃありませんか。蛍光灯の下で食べたのでは水羊羹が可哀そうです。

すだれ越しの自然光か、せめて昔風の、少し黄色っぽい電灯の下で味わいたいものです。ついでに言えば、クーラーよりも、窓をあけて、自然の空気、自然の風の中で。

ムード・ミュージックは何にしましょうか。

私は、ミリー・ヴァーノンの「スプリング・イズ・ヒア」が一番合うように思います。この人は一九五〇年代に、たった一枚のレコードを残して、それ以来、生きているのか死んだのか全く消息の判らない美人の歌手ですが、冷たいような甘いような、けだるいような、なまぬくいような歌は、水羊羹にピッタリに思えます。クラシックにいきたい時は、ベロフの弾くドビュッシーのエスタンプ「版画」も悪くないかも知れませんね。

水羊羹は気易くて人なつこいお菓子です。どこのお菓子屋さんにでも並んでいます。そのくせ、本当においしいのには、なかなかめぐり逢わないものです。

私は、今のところ、「菊家」のが気に入っています。青山の紀ノ国屋から六本木の方へ歩いて三分ほど。右手の柳の木のある前の、小づくりな家です。

粋な着物をゆったりと着こなした女主人が、特徴のあるハスキーな声で、行き届いた応対をしてくれます。この人の二人の息子さんが奥でお菓子を作っているのです。とてもセンスのあるいい腕で、生菓子も干菓子もみごとです。お茶会のある日など、ひる過ぎにゆくと売り切れということもあります。

入って右手の緋毛氈《ひもうせん》をあしらった待合の椅子に腰かけて、「唐衣《からごろも》」や「結柳《むすびやなぎ》」と、それこそうす墨の美しい手で書かれた小さな紙の入った、干菓子を眺めているだけで、日本というのはいい国だなと思います。この字も、すてきな女主人の筆なのです。

水羊羹が一年中あればいいという人もいますが、私はそうは思いません。水羊羹は冷し中華やアイスクリームとは違います。新茶の出る頃から店にならび、うちわを仕舞う頃にはひっそりと姿を消す、その短い命がいいのです。

ところてん

久世光彦

夏になるといつも私は、機会があるたびに、ところてんを食べている人の、顔や食べ方をさり気なく観察することにしている。どの人もだいたい手順は決まっているし、味わいようも似ているが、酢醤油の按配に辛子のつけ方、それに分量などは、人によっていろいろ癖があったりする。あるいは、蜜がどうしても欲しい人もいるし、嫌う人もいる。一筋一筋、唇をすぼめて細々と味わうのは女に多く、男は大概つるつると音を立てて呑みこむ。甘いもの屋へ行ってところてんを注文するからには、好きだからそうするわけだが、ところてんを好きな人はメニューを眺めて白玉にしようかお汁粉にしようかと迷うようなことがまずない。ところてんがあるところでは、かならずところてんを食べる。つまり、とても独立性が強く、好みとして特殊であり、ヴァリエーションが考えられない純粋さのようなものが、本来的にところてんにはあるのだ。たとえば、みつ豆とあんみつとフルーツのみつ豆は同類だが、ところてんに親類縁者はない。どこか孤高の趣きがある。

このごろのところてんはつまらないと言う人がいる。材料が寒天のところてんが多く、寒天原藻から直接作った際の磯の匂いがないというのである。口当たりも違うし、光沢《つや》があり過ぎるのも下品だ。だいたい浴衣に似合わないと彼は言う。私の知っているその男は別に偏屈でも何でもないが、わざわざ浴衣に着替えて夏の縁日にところてんを食べに出かける。他の食物についてそれほど拘《こだわ》ることもないし、ところてんへの執着を除いては、万事にごく平凡な男なのである。そんなものかと私は思う。そして、それほど彼が好きなところてんというものは、どんな味がするのだろうと考える。私は、生れてから一度も、ところてんを食べたことがないのである。

子供のころから、ところてんのことは知っていた。てん突きに押し出されてニョロニョロ出てくるのも面白かったし、夏祭りの神社の境内のアセチレン灯にその肌が光るのもきれいだった。そう言えば海の香りがしたような気もする。けれど、私は決してところてんを食べなかった。と言うよりは、食べさせてもらえなかった。赤ん坊のころから病弱の子だったのである。気候が変わるたびに風邪を引き、ちょっと珍しいものを食べるとお腹をこわした。私のすぐ上の兄と姉が、いずれも三歳までに病気で死んだこともあって、母は私の体について異常なくらい神経質になり、とにかく死なければいいというので、ちょっとしたことでも私を抱いて近所の医者へ走ったらしい。だからますます弱くなった。赤痢《せきり》だのチフスだのがそんなに珍しくなかった昭和十年代だったから、確かに不衛生な食物も多かったのだろうが、とにかくところてんに限らず、綿飴もアイスクリームも煎《い》り豆も、露店で売っているものを口に入れることは絶対に許されなかったのである。しかし、それはさほど不満なことではなかった。一度でも食べたことがあるものを禁じられたのなら、つまり味を知っていれば、よその子が食べているのを羨《うらや》みもしただろうが、私は小学校へ上がってもところてんの類いをまるで知らなかった子であった。ところてんを食べない不幸よりも、病気の不幸の方がずっと怖いと、私は冷静に納得していたのである。

戦争が終わって食料事情が悪くなってみれば、あれはいけない、これはいいなどと言ってはいられない。不思議なもので、数年前まで何を食べてもお腹をこわした子が、何を食べても平気になった。不幸は子供を強くする。東京の山の手で、夏は目深に白いピケの帽子をかむって膝まである靴下を履き、冬は冬で毛糸の帽子にコートを着た上に襟巻と手袋をして達磨《だるま》のようになっていたのが、疎開先の北国の町では一年中素足で駈け回るようになっていた。田舎のお祭りで綿飴もはじめて食べたし、蠅のたかった焼き玉蜀黍《とうもろこし》も食べてみた。汚い割箸《ばし》のアイスキャンディはどう考えても不衛生だったのに、私はどんどん健康になっていった。

それでもところてんを食べなかったのは偶然である。別に食べた経験があるものと、まだ食べていないものを仕分けた表を作っていたわけではないから、ところてんを食べたことがないという意識はずいぶん後までなかった。そのことに気がついたのは三十過ぎてからである。周り中の誰に訊いたって、ところてんを食べたことのない奴なんていない歳になって、ふと考えてみたら、私にはまだ曾《かっ》てところてんを食べた記憶がないのである。それは非常に妙な感慨であった。燕の巣の料理を食べたことがないとか、猿の脳味噌はまだ知らないというのとは話が違う。相手はところてんである。いくら病弱だった私でも、三十年も生きていればたいていのものは食べている。今日までところてんからすり抜けて生きてきたことが、大げさなようだが、私には奇蹟に思われた。ここまできたのなら、どうせのことにこの先も食べないでおこう。一つぐらい、もっとも通俗なものを知らないというのも面白いではないか。私は一人でこっそり決心した。決心と言ったって別段どうということはない。子供のころとおなじで、食べたことがないから食べたいとは思わない。誘惑に負けてということもない。そして、それから二十数年経った。

この話をすると、みんな嘘だという。ところてんを食べているのをしげしげ見ていると怪訝《けげん》な顔をされる。ほんとうに死ぬまでところてんを食べないつもりかと、真顔で訊ねられたりもする。面白いのは、そんなときみんなが意外に真面目になることである。これがたとえばピザとか、キウイだったらそうはならないような気がする。ところてんという、どこか人を馬鹿にしたような言葉の響きと、あの形と色と、そして値段が一瞬みんなを哲学的な気分にさせるのに違いない。自分でもいまはそう思う。私の六十年近い人生で、どこか人と違ったところがあるとすれば、それは私とところてんとの、運命的にプラトニックな関係ではあるまいか。

ふと考えると、女を知らないで死んだというのと、ところてんを知らないで死んだというのとは、そんなに違わないのではないかと思う。では、たとえば《駟《し》も舌に及ばず》の〈駟〉（四頭だての馬車）という字を知らないで死ぬのと、女というものを知らないで死ぬのとではどうかというと、これはずいぶん違う。〈駟〉などという文字は、一生に一度お目にかかるかかからないかくらいの字だし、知っていたからといって何程のことはない。やっぱり、ところてんを食べたことがない方が、女を知らないでというのに近いようだ。ただ、ところてんの話は笑い話で、女の方は哲学に一見思えるようだが、実は笑い話ならどっちも笑い話で、もし哲学だとしたら両方とも結構重い哲学なのである。笑ってはいけない。これは〈経験と生〉という、古来すぐれた哲学者たちが頭を抱えて取り組んできた大きな問題なのだ。そして、この大問題を解く鍵は、たぶん〈味覚〉ということにある。

食べたことがないから、ところてんについていろいろ考える。記憶を辿って自分の生い立ちを顧みる。その舌触りを想像し、ところてんに似た、たとえば寒天から味を類推する。見知らぬ子供たちがところてんを食べていた夏祭りの日の笛や太鼓を思い出して、情感まで付け加えてみる。そんな面倒なことをするぐらいなら、通りの甘いもの屋へ走って食べてみればいいではないか、という人もいるだろう。しかし、私がところてんを食べてしまったら、それで終わりなのである。ところてんは私の中で何でもなくなってしまい、私はそのときから哲学のない人間に、つまり生きていたって詮ない人間になってしまうのである。このことを逆から考えてみると、それならいままで生きてきた日々の中で、食べたことのある様々なものについて、私たちはいったい何を、どこまで知っているのだろう。饅頭は甘い、唐辛子は辛い。それで安心していて大丈夫なのだろうか。林檎を好きだと思っている私は、本当に林檎が好きなのだろうか。実は、それは蜜柑の誤りだったのではないか。おなじように、私たちは女についてだって、たぶん何にも知らないのだ。

残された日々、私ははじめて食べるつもりで、いろんなものを食べ直してみようと思う。味覚で確かめたとき、すべての意味はびっくりするくらい変わるかもしれない。

久世光彦

林檎も蜜柑も、ルノワールも漱石も、温泉もモーツァルトも、そして女も——。ところてんをどうするかという問題については、それから考える。

心太

出久根達郎

むかし、縁日などで、「生活の知恵」といった内容の赤本を売る者がいた。大抵、つんつるてんの学生服を着ており、面白い口上を述べつつ売った。

カナヅチでも決して水におぼれぬ法や、ひとつき五円で食べる法、など有意義な知恵が、盛りだくさん収録されている、お買得の本だよ、と声を張りあげていた。口上につられて一冊求め、読んでみると、前者は、膝より下の浅瀬で泳ぎなさい、後者はトコロテンを食べなさい、とあった。なるほどトコロテンは、箱筒に入れ、一方から棒で押し出して細長く切り、器に盛る、その「ひと突き」が一人前で、私が子供のころは確かに五円であった。

つまり、トンチの本である。笑い話の本である。膝しかない水深でもおぼれる時はおぼれるよ、などと目くじらをたてる方が野暮というものであった。

さて、その五円のトコロテン。

わが村に冬は焼きイモを商い、夏は氷水やトコロテンを売る店があった。屋号は覚えていない。子供たちのたまり場で、私たちは寒くなると「焼きイモ屋」、裸の時分は「氷屋」とまことに芸のない呼びかたをしていた。

私は毎日のように、その店に通った。トコロテンが大好きであった。それもあったが、その店の土間には古雑誌が山と積まれてあって、私は雑誌を読むのが楽しみで日参した。焼きイモを包む袋用に、クズ屋さんが古新聞と一緒に、表紙の取れた雑誌を、その店に卸していたのである。子供向きのものはなく、「平凡」とか「明星」という、当時人気の芸能雑誌ばかりだった。

私は小学生の癖して、ドクトルチエコの「セックス相談」などという欄を、ひそかに胸ときめかせながら、むさぼり読んだ。その類の記事が読みたくて、トコロテンを食いに通ったわけである。

「氷屋」には、私より一級下の五年の女生徒がいた。無口で陰気な子であった。ところが体格がよくて、ある時すれちがったとたんに、相手の胸が急に隆起して、はずむように揺れた。ドクトルチエコのファンは、目がくらんだ。

いつものように氷屋で雑誌をめくっていたら、十円紙幣がはさまっていたのである。

米国という文字をデザインにした、と騒がれたお札だった。私は辺りを見回し、急いで握りつぶし、ポケットに忍ばせた。

翌日、何食わぬ顔して氷屋にでかけた。トコロテンを注文すると、いつもは店に出ない例の娘が、ムスッとした顔をして出てきた。客は私一人である。ぎこちない手つきでトコロテンを押し出し、卓に置いた。すすりながら卓上を見ると、昨日、十円紙幣がはさまれていた「平凡」が、開いたまま投げだしてある。先客が楽しんでいたのだろう。グラビア頁で、映画のキスシーンであった。私は顔が燃えあがるのを覚えた。氷屋の娘の視線を痛く感じた。私は、逃げるように帰ってきた。それきり、トコロテンと縁が切れた。

トコロテンを漢字で「心太」と書くのだが、どういう意味で心太と書くのか、私はいつも妙な気持で考えるのである。

ところてん

安野モヨコ

仕事をする、と言う時にどうしても始めの一〜二時間はダラダラしてしまう。

エンジンがかかるのにしばらく何もしない時間が必要で、その間は机に散らかった消しゴムのかすを集めてピラミッド状にしてみたり、お土産にもらった「長寿黒たまご御守」をじっくり眺めてみたり、鼻をかんでみたりしている。

そうしてよく見てみれば「黒たまご御守」の小さな袋の中に「小さい黒たまご」が同封されて居るのを発見し
「財布に入れると黒字になります」

と書いてあるのを見ればば立ち上がって財布を取りに行く。

財布を取って開けてみればとび出さんばかりの領収書だ。

今度はその領収書を整理してみたり、使わなくなったスタンプカードやらを捨ててみたりで、本当にぼんやりと一、二時間が経ってしまう。

「とにかく毎日机に座ること」

とはデビューしたばかりの頃に担当編集者から強く指導された事で心に残っている。おかげ様で未だに私は守っているのだが、その言葉を思い出す度に
「机に座る…？」

とも考えてしまう。机に座ってしまったら原稿はどこで描けば良いのか。机の上に座って足を椅子に載せヒザの上に画板を置いて描いたら、アルプスの上で写生しているような気分になれるかも。

そんなくだらない事を延々と考えては喜んでいる。

仕事に取りかかる前のそんなアホな時間を無くしてしまいたい。

そう思って久しいけれど、長年の習慣を変えるのはなかなか難しい。

そこで私は毎日ところてんを食べる事にした。


ところてんには集中力をアップさせる成分ややる気を引き出す作用が有る。なんて事はもちろん無い。

見るからに無味無臭、色すら無いのである。

薄い透明で茶色い酢醬油を押しのけるように存在する色の無い部分…そこにはところてんが有る。

今頃のむしむしした気候の日に、どうもすっきりしない頭でやる気を出そうと張り切ってみてもカラ回りするばかりでいっこうにはかどらない。

何日か前のそんな日に、朝思い立ってところてんを食べてみたところ、思いの外スッキリして気持ちが良くなった事があった。

その後仕事に取りかかってみたところ、割とスッキリ出来てしまった。

その時のイメージはまさにところてんを押し出して、ツルーンとガラスの器に落ちて納まるあのスッキリ感であった。

その日から毎日ところてんを食べる様になったのは

「あの壮快感よ、もう一度」

と思っているからだ。

ところてんはスーパーで買って来るのだがいつも食べるのは

「横濱銚子屋黒みつ付ところてん」

である。

黒みつをかけてももちろん美味しいのだけど、私は生来の酢醬油派なので黒みつは人にあげて酢醤油をかける。

カラシが無かったので粉山椒をかけてみたところ意外と美味しい。

それで気を良くして今度はぽん酢をかけてみた。

ぽん酢の甘味がどうかな、と心配したけれどこれまた美味しい。それにも粉山椒をかけていただく。

最後は水でうすまり丁度良くなったぽん酢を一緒に飲むとスッキリして
「よし、やるか」

と言う気持ちになる。ような気がする。

塩ぽん酢も好きなのでそれでもイケるかと試してみたところ今ひとつだった。

やはりどこかに醤油風味が必要らしい。


お店で食べるところてんでは鎌倉の若宮大路に有る蕎麦屋「こ寿々」のが好きだ。

お汁の味もカラシの量も丁度良く、ところてんの細さや固さも申し分無い。

お蕎麦を食べる人とほぼ同じペースで食べて、丁度良く同じ頃食べ終わるのにもかかわらず大量過ぎない。

ところてんは気を付けないとお腹が冷えるので、食べる時はあたたかいお茶が欲しいと思うのだがこれも小さい急須で付いてくる。

唯一の欠点はいつもお店が混んでいて並ばないと入れない所だけど、これはところてんの欠点では無い。

何の味も無い透明でツルンとしただけのところてんだけれど、食べてから仕事をするという習慣が付いたのか、ところてんを食べると自動的に机に向かえるのだ。

私の中でところてんがどうやら「仕事のスイッチ」になった様で、便利な事になったなぁと思っていたのだが、スタッフに指摘されて初めて気が付いた。

「このところてん、充塡水《じゅうてんすい》を捨てて水で流してから食べろって書いてありますよ」

私はパックに入った袋の中のところてんを、充塡水ごと小鉢に入れて食べていたのである。

しかもそれをスッキリと飲み干していたのだ。

体に害は無いのだろうけど、それに気付いた途端なんだか全ては気のせいだったと言う様な気持ちになって、椅子の下で足をブラブラさせ、またもや原稿に手が付かないのであった。

葛の恋

伊藤比呂美

ああもうそれは、切なくなるくらいそういうものが好きなのでした。透きとおって、ほのつめたく、つるん、ぷるるん、としたもの。寒天も、ゼリーも、プリンも、葛桜も、わらびもちも、水ようかんも、牛乳プリンも、煮凝りも、おきうとも、こんにゃくゼリーも、ところ天も、じゅんさいも。

この夏、日本に帰ったあたしは、水まんじゅうというものを食べました。葛桜に似て、小ぶりで、葛桜よりはあんこが少なく葛が多く、塩漬けの桜の葉をうちしいた上に、蜜に浸かって、冷ややかである。スプーンですくって口にいれると、蜜ごとじゅるるると、舌を使ってすすりこまねばいられないような、そこに、あの、寒天でもない、ゼラチンでもない、これこそあらゆるつるんぷるるんの理想じゃないかと思うような葛が、あるわけです。それで、たちまち、葛と恋に落ちた。

恋した目であたりを見回しますと、iMacが、ボンダイブルーでもブルーベリーでもない。半透明な、ぷるるんとした、葛色でしたよ。

子どものころから和菓子が好きでした。町の和菓子屋に行って、小学唱歌を歌うみたいに、四季折々の和菓子を選んでくるのが好きでした。東京の六〇年代ですから、季節感はほんとに貧弱、町はずんずん汚れていったころです。空き地はなくなるし、草木や虫や、鳥もいなくなるし、星空は見えないし、そんな中で和菓子屋には「思い出」みたいに季節があった。ところがそんなときでも、夏になって、それまでのもち菓子上生菓子が、いきなり錦玉じみてくるのには、失望していました。

あんこじゃないくせにくそ甘いからです。あんこが甘いのはいいんです。そういうもんだと思ってますから。でもあんこが入ってなければ、何のために食べてんだかという気になります。あんこがなぜこんなに慕わしいのかについては、またいつか考えます。

もうひとつの、そしてより本質的な不満は、固すぎるってことです。寒天はだいたい固い。母の作る、寒天型で固めて切って食べたみかん入りのやつなども、それから蜜豆の四角いやつも、寒天は固すぎると思っていました。外側が固いあまりに包丁はすらりと入り、つるっと切れるんです。

ゼラチンと寒天のちがいは、何と形容したらいいのか、動物質と海藻質というか、死体のぬめりとよどんだ水にたまる澱《おり》のぬめりというか、ゼラチンがぷるんなら、寒天はつるん。いやあまりにも主観的なので取り消します。

七〇年代にコーヒーゼリーというものが流行《はや》りまして、あたしもやたらと食べました。あれはゼラチンで、弾力性があって、ぶよぶよというか、ぷるぷるというか、そこにミルクと蜜をかけて、ずるずるとすすり食いました。

すすり食ふ。ここは旧かなにさせていただきます。やはり、食ふでなけりゃ気分が出ません。それをいうなら、タピオカのココナッツミルク黒蜜がけも、つるんぷるんをすすり食ふ。伝統的な白玉も、だんごよりはるかになめらかなものを、蜜ごと、すすり食ふ。ああ、いい、おう、いい、と舌の上をころがり喉をくだる。

今までにも、葛桜だ亀戸天神だ、ちょっとちがうがわらびもちだと、この手のもの、つまりゼリーでも寒天でもない葛系のぷるぷるを食ってきたはずなのに、この水まんじゅうほど、思いつめたことはないです。おそらく水まんじゅうではじめて、白玉やコーヒーゼリーのように先行するものはありましたが、きなこにむせるのをやめ、ねっとりした蜜もやめ、桜の葉でつつみこむのもやめて、水との境界があいまいなままに、何もかもいっしょにすすりこむという行為に走ったんでしょう。つるんぷるるんが水ごと流れこんで、舌や口腔喉頭の粘膜が、ああ、おう、いい、いいわあ、とあえぐんです。

ああ何か思い出しそう。つるり、ぷるん。ずるずる。もう少しなんですが、思い出せません。先祖が常食にしていたカエルの卵？　あるいはドングリ、ヒガンバナ？　カエルの卵はともかくも、ドングリやヒガンバナなら、先祖たちが、つき砕いて水で晒して粉にして煮て、ぷるぷるの「もち」状にして食べてきたのを知っています。クズもワラビも、そうしてきました。思い出したわけじゃなくて、本で読んで。

つるんぷるるんは、ぱんやむしぱんほど、母のおっぱいにそっくりなわけじゃない。ごはんの炊けるにおいは、あかんぼのうんちのにおいにそっくりです。精液はどうかと一瞬思ったんですが、あれは、どろりとしてるだけでつるり感はない。いや、こんなユングなことをいってたってしょうがないか。

つるん、ぷるるんしたもの。かりかり、さくさくしたもの。ふくふく、もちもちしたもの。ずるずるすすりこむもの。

でもあの異文化の、あたしのつれあいなら何というか。葛ものとゼラチンものと寒天ものを、三つならべて、どれがうまいかと訊いてみれば、あやまたず彼は、ゼラチンをえらぶと思うんです。東欧に広く分布する、肉や魚をゼラチンでパテ型にかためたやつは、ぷりぷりしこしこ、おいしいですけど。ポテトとベーグルを常食にしてきて、「こんなにおまえを愛しているけれどもヤマイモとナットーは食べたくない」、というあのつれあいです。食べものには敏感で繊細と本人は思っているのに、昆布のうまみは何も理解しない、「ただの水と思ったよ」、なんてへいぜんとしていうつれあいです。

そういえば、カリフォルニアのうちのそばの、アジアの食品なら何でもあるというスーパーに不思議な飲み物があります。薄緑色の液体の中に、黒い点々のある透きとおった紐状のカエルの卵がとぐろを巻いている、ようなもの。注文するにもなんて名前かわかんないです。愛とか玉とか凍とかいう字が書いてあるやつがそうだと思うんですが、はっきりしない。見本があるので、これ、と指さします。すると氷をしゃっしゃっとかいて上にのせてくれます。で、飲むのですが、正体がつかめません。甘いのです。舌触りは、つるつるで、ぷるぷるで、ずるずるして、ぷちぷちです。

物知りの友達が、「ああそれは、バジルの種」といいました。「バジルの種にはこまかな毛がさわさわ生えていて、水につけておくと、毛のまわりにああいうぷるぷるができるのよ」

その店には、粉のコーナーに、まあありとあらゆる粉が売っています。いったいどの文化のどんな人が、何の目的に、こんなにさまざまな粉を必要としているのかわからない。米の粉、麦の粉。豆の粉。トウモロコシの粉。カタクリ粉と称するジャガイモの粉。タピオカの粉。ワラビの粉と称するサツマイモの粉。レンコンの粉。ウリの粉。中国語で何何瓜と書いてありますが、どんなウリだか、わかりません。漢字とアルファベット以外の字がおおいに書いてある粉もあります。何もわかりません。わかるのは人々がそれをどうにかして食ふということです。あたしは、そういう粉でもって、人は、すする麵を作るか、ふくらむぱんか、もちもちするだんごを作るかと思っていました。しかしこうして葛のことを考えたあとでは、そのうちのかなりのものが、ぷるぷるつるるん、という舌触りを極上と思う人々のために、使われているような気がしてきまして。舌の上、喉の奥で、ぷるぷると味わうたびに、ああ、いい、ああ、いい、とため息をもらしてしまう人々。それはあたしもです。

ゼリー

酒井順子

様々な部位で気持ち良さを感じることができる、私達の肉体。「見て」気持ちいい、「触って」気持ちいい、「嗅いで」気持ちいい……等々、あらゆるところが、常に快感を待ち受けています。

さらにもう一つ、気持ちいいこと好きな人にとっては欠かせない身体の部位。それが、口です。唇は粘膜ですから、手よりもずっと敏感です。手で触って「気持ちいい」と思うものは、唇に当てるとより一層、気持ち良い。私達が、気に入ったものに対して「チュッ」としたくなるのは、そのためでしょう。

口は、唇だけでなくその内部においても、気持ち良さを感じることができます。つまり様々な食品（とも限らないが）の「食感」や「舌触り」によって、私達は快楽を得ることができる。中でも一部に熱狂的な支持者を持つのが、ゼリー食感でしょう。

私も、「ゼリー的なもの」、つまりブリブリしていて透明感があって……という食物が大好きです。ゼリー、寒天、グミ……と何でもいいのですが、やはり一番はゼリー。一度でいいから、ゼリーが張ってあるプールに飛び込んで、思いきり水面ならぬゼリー面を乱してみたいものだ、という夢を子供の頃から抱いている。

子供の頃は、自分の力だけで作れるお菓子・ゼリーを、作りまくっていました。ゼリーも、粉ゼラチンをふやかして作ると少し面倒臭いものですが、市販の「ゼリーの素」を使うと、簡単にできます。主に私は『ハウスゼリエース』を愛用しておりました。

ゼリーが「めちゃくちゃおいしい」というような食べ物ではないにもかかわらず、私のような熱狂的なファンを持つその理由は、弾力性と柔らかさを兼ね備えているところにあります。ただ柔らかいだけでは、離乳食のようで張り合いがない。そして弾力性があるだけでは、単なるゴム。揺らしてみるとタヒチアンダンスの踊り子の腰のようになめらかにそして妖艶《ようえん》に震えるゼリーは、味ではなく感覚で食べるお菓子なのです。

冷蔵庫で固めたゼリーの表面は、一見すると無風状態の時の湖のように、静かです。しかしそれは、水ではない。それを確かめたくて、誰にも見られていないか確認してから、表面だけをベロッと舐《な》めてみる。舌に何も障害物は当たらない。けれどガラスのように硬くはない。

次にそのなめらかなゼリーの表面に、スプーンを突き立ててみます。かすかな音とともに、穴があく。自分が非常に残虐なことをしているような気分になり、かすかに胸が痛むのですが、二匙《さじ》、三匙と夢中になって匙を入れ続けます。もちろん、一番気持ちがいいのが最初の一匙であることは、間違いありません。

いよいよ、スプーンですくったゼリーを口中に入れます。ゼリー片は、舌でもてあそぶと、右へ左へと逃げ惑うのですが、どうせ逃げられない身の上。したいようにさせておく。時には、ゼリーの大きな塊を口に入れてから、その中に自分の舌を突き入れることもあります。ひんやりとそしてヌメヌメとしたゼリーの中をうごめく舌の感覚をしばし楽しむ。

ゼリーというのは、口の中でいかに粉砕するかを楽しむ食べ物です。煎餅や肉のように、よく嚙まなくては飲み込めないものではない。舌と上顎《うわあご》を使って潰してみたり、口の熱で溶かしてみたり、歯の隙間から押し出して粉砕してみたり。時には、塊を嚙まずにそのまま飲み込んで、ひんやりしたものが食道を通過する感覚を楽しむこともできる。友達は、プッチンプリンをカップごと口にくわえ込み、一気に吸い出すという「プッチンプリン一気」を好んでおりましたっけ。

一口にゼリーといっても色々なタイプがあります。ゼラチンを使用したものだと少しムッチリとした感触。「ゼリー」といいながらも寒天を使用したものだと、もっとブリブリ感が強くてスプーンがスッと通り、それはそれで気持ちがいい。そしてゼラチンでも寒天でも、ゆるく作るとより一層、喉ごしがなめらかになる。

長い間、ゼラチン系と寒天系、二つのゼリー食感しか知らなかった私ですが、ごく最近、新種のゼリーを体験しました。それは皆さんもご存知の、「こんにゃくゼリー」です。

今はこんにゃくゼリーのコマーシャルまで流れていますが、最初は私、こんにゃくゼリーに対して〝なんか、駄菓子みたーい〟といううさん臭い印象を抱いていました。小さなプラスティックカップに入っているという形状が、〝お母さんに隠れてこっそり食べる〟的な雰囲気を感じさせたのです。

しかしある時〝ゼリー好きとしては、食わず嫌いはいけない〟と思いなおし、一袋買ってみたのです。冷蔵庫で冷やしたところを口に入れてみると……。

私は、未知の舌触りにハマってしまいました。「こんにゃくゼリー」なのですから、成分的にはこんにゃくです。ゼラチンを使ったゼリーよりも、コシが強い。普通のゼリーだと柔らかすぎて噛みごたえがないのですが、こんにゃくゼリーの場合は舌触りだけでなく歯触りをも楽しむことができる。

こんにゃくゼリーを噛むと、まるでこんにゃくの繊維質を一本一本ぶった切っているような感覚が、歯のエナメル質から内部の神経にまで伝わります。それほどプリプリしているので歯の隙間から押し出してグチャグチャにすることなどはできないのですが、噛むだけで充分に楽しむことができます。

こんにゃくゼリーにも難点はあって、それは「人前で堂々と食べられない」ということ。小さなカップに入っているゼリーは、スプーンで食べるわけではありません。口で吸い出すその姿は、優雅とは言い難い。時に吸い出しに失敗して、「ブベッ」というような音が出ることもある。とても「お客さまのお茶受けに」などと出せるお菓子ではないのです。

こんにゃくゼリーという変な食べ物は、やっぱり一人でコソコソと楽しんでこそ、本当の味がわかるというものです。冷蔵庫から取り出したらもう待ち切れず、冷蔵庫の前にしゃがんでフタをめくる。そして……噛んだり舐めたりなぶったり、〝こっ、こんな姿を誰かに見られたらどうしよう〟と思いながらも、夢中になってゼリーをいたぶる。

こんにゃくゼリーのカップは小さいですから、いくら少しずつ噛んでもすぐに無くなってしまいます。一個くらいでは、ぜんぜん食べた気がしないのです。次から次へと冷蔵庫に手を入れ、狂ったようにこんにゃくゼリーを吸い出しまくる……。これぞ、ゼリー狂の真の姿といえましょう。ああ、こんにゃくゼリーの海に溺れてみたい……。

昭和のゼリー

重松清

今年の夏も、冷たいゼリーをたくさん食べた。好きなのである。お中元でもらうことも多いし、コンビニに出かけると、ついつい買ってしまう（だからデブになるのである）。

だが……じつを言うと、高級なゼリーをたまに食べると、ちょっと欲求不満になってしまう。

高級なゼリーは果汁がたっぷり入って美味い。それは認めるものの、味をきわめていくと、ゼリー全体の味が重くなる。透明感もなくなって、まさに果肉そのものの色合いになる。メロンとかモモとか、美味いゼリーであればあるほど、「ホンモノの果物を食ってるのと変わらないじゃん」という気になってしまうのだ。

ゼリーは果物の代わりではない。ゼリーは「ゼリー」という名の、まったく別の食べ物であるべきではないか。ガキの頃に食った、「ブドウ味」とは銘打っていながら、果汁ゼロ、着色料と香料だけで「なんちゃってブドウ」になりすました、安くて透き通ったゼリー——僕が食べたいのは、そういうゼリーなのである。

で、そういう価値観（大げさですね）から見ると、最近のゼリーはどうもヤワい。ゼラチンでキチッと固まっていないのだ。昔のゼリーはそうではなかった。特に家でつくった『ゼリエース』のゼリーは、表面がピンピンに張っていた。スプーンの底で軽く叩くと、「プルプル」よりも固い「ピタピタ」という感触が伝わってくる。そこをですね、スプーンの先でグッと切り裂いていくと、むっちりした抵抗感が、ある瞬間を境に、「あぁ〜ん……」というあえぎ声が似合いそうなヤワさに変わる。それがいいのだ。それこそがゼリーの醍醐味《だいごみ》なのだ。最初からあんなにヤワいのは、なんというか、昨今の婦女子の貞操観念の薄さにも通じるものがあるのではないか。性の乱れを憂えるシゲマツ、断固として「ゼリーよ、もっと固くなれ！」と訴えたいのである。

夏のデザートといえば、シャーベットもゼリーと同様、濃厚でありながらヤワい、という悪い流れをたどりつつあるようだ。果汁なんてなくてもいい。口溶けがホロリとした食感がどうしたこうしたなど、よけいなお世話である。シャーベットというのは、口の中に放り込んだ瞬間、こめかみがキーンとするほど冷たければ、それでいいのだ。あとはハフハフいいながら嚙んでいくのもよし、チューチュー吸って「甘いジュース」と「味のない氷」に分けるのもよし。あるいは、虫歯の穴に詰めて激痛を味わうのだっていいだろう。

シャーベットにも、家庭でつくる『シャービック』があった。いまでも売っている。ガキの頃から『シャービック』が大好きだったシゲマツ、それを食べたくてしかたないのだが……『シャービック』は、やはり、製氷皿でつくりたい。皿についたレバーを倒すと、仕切り板がパカッとはずれて小さな氷ができる、あの製氷皿である。ところが、わが家の冷蔵庫は自動製氷機能がついているので、製氷皿を置く場所がないのだ。嗚呼、「昭和」は遠くなりにけり……。

木星に似た、あの

朝吹真理子

甘いお菓子特有の、くちに入れたときの倦怠感が大嫌いだった。糖分によって身体ぜんぶ、心まで痺れてゆくようで怖ろしかった。

いまはすべて好物の一つとなっているけれど、ちいさいころは、チョコレートや生クリームといった甘いものが苦手で、ムース、あんこも嫌いだった。ぬたぬたしたものが口内の熱によって舌の上でぬるく溶けてゆくのを感じることに対して生理的嫌悪を抱いていた。快楽に対して抑圧的だったのかもしれない。マシュマロは憎悪の塊。ビスケットだとかクッキーとか、もろもろして歯と歯の間に容赦なく詰まるのも不快。呼吸するための管が小麦粉によって塞《せ》き止められるような気がして食べると恐怖すら覚える。嗜好品であるものを、死ぬかもしれないと思いながらこわごわ食べたくはない。かっぱえびせんもポテトチップスも一切なじめなかった。ぴりっと刺激的な味と食感とを舌に感じさせてはくれるけれど、べつにおなかがふくれるというものではない。おなかにちっともたまらない割に油分が多すぎるのは虚しい。食べていると果てしない孤独感に襲われる。同じじゃがいもならフライドポテトの方が胃にがつんと入ってゆく気がしていま食べものを嚙んでいるという実感が得られて好きだった。水菓子も、コンデンスミルクや白砂糖がかかっていたり、フルーツポンチになっていたりすると、すべてが台無しになった気がした。駄菓子屋にも、習字、フェンシング、そうした御稽古事の帰りに寄ったりもしたけれど、買いたいものはいつもなかった。適当に、のしいかとよっちゃんイカを交互に買っていた。遠足でもって行くおやつは都こんぶ。お菓子が嫌いだと友人の家に行くのはほんとうに憂鬱な出来事になる。何かの都合でケーキを食べなくてはならなかった場合、他人にどう思われようと、フォークで生クリームを丁寧にそぎ落とし、いちごとスポンジだけを食べた。基本的にしょっぱいものが好きだったから、甘いだけのものに関心を示したことはなかった。香ばしい砂糖醬油のぽたぽた焼きと歌舞伎揚だけは食べられたが、全般的に、お菓子というものに縁がなかった。こうした食の好みは成人するまで続いた。

結局、何をおやつにしていたのかというと、

たくわんの壺づけ、伽羅蕗《きゃらぶき》、アジの干物、鰈《かれい》の煮付、いかの塩辛、干ししいたけの

煮物、白和え、ゆでただけのじゃがいも、ふかしたさつまいも、あけぼのの缶詰、てんぷら、朴葉味噌、三つ葉のおひたし、さしみこんにゃく、たまごかけごはん、唐揚げと塩おむすび、きつねうどん、ツナと玉葱のマヨネーズ和えを食パンにのせてこんがり焼いたもの、ケチャップ多めのオムライス……。

要は、おやつでも、お菓子ではなく、食事をとっていたのである。清涼飲料水も吐き気を催されるので一滴も飲みたくはなかった。麦茶とか熱々のほうじ茶が何よりも好きだったが、三煎目くらいのうすくなった緑茶に梅干しを落として飲むのもよかった。

ただ、私にも、例外的に、食べられる甘いものがあった。アイスクリームである。正確には、アイスミルクよりラクトアイス、一番好きなのは氷菓。より乳脂肪分の割合の少ないものが好みだったけれど、アイスクリームであれば、どれだけ濃厚な甘さでもくちが怠くなることも不快と思わなかった。なかでも恒常的に食べていたのは、ミナツネのあんずボーだった。夏の明け方、こっそり台所まで行ってあんずボー数本を冷凍庫から取り出して食べるのは至福だった。くちびるがキンとつめたくも熱くもなって、歯で氷をなぞって舐《な》めて砕く。

あんずボーは、一五センチ程度の細長いビニールに入った、干しあんずの果肉入りジュースである。

朝吹真理子

凍らせると、しゃりしゃりしてビニールの間からときおりざらっとした果肉に歯があたるのがうれしい。酸味があって、わずかな苦みも感じる。それでいて飲み込んだ後にのどやくちがほのかに甘くなるのだ。何本食べてもいつ食べても飽きない。

凍ったあんずボーが好きだった一番の理由は感覚的なよろこびを与える食べものだからだと思う。瑪瑙《めのう》のような斑点をした楕円形の果肉の褐色、凍ったうす茶色と白とがまだらになっていて、それがガス惑星にみえていた。凍ったそれを食べると宇宙を食べている気がした。

「あずきバー」をアイス

東海林さだお

いよいよ氷菓親しむ候がやってきた。

秋は灯火親しむ候。

夏は氷菓親しむ候。

アイスクリーム、シャーベット、アイスキャンデーなどがいわゆる氷菓といわれているもので、灯火に親しむのも楽しいがこうした氷菓に親しむのはもっと楽しい。

冷たくて甘い、甘くて冷たい。これだけでもう心がはずむ。

アイスクリームとシャーベットとアイスキャンデーは氷菓という言葉で括られているが、その内情は複雑である。

アイスクリームとシャーベットはほぼ同格であるが、アイスキャンデーの身分は低い。

フレンチやイタリアンの店ではアイスクリームやシャーベットがデザートとして出てくるが、アイスキャンデーが出てくることはない。

なぜ登場させないのだろうか。

本体に棒がついているのがいけないのだろうか。

ぼくとしては棒がついていたっていっこうにかまわないのだが、世間はそこのところにこだわる人が多い。

やっぱり棒がついているものってなんだか幼稚な感じがするからじゃないの。

棒のところを持ってそのままかじる格好がみっともないというか、大人気ないというか……。

という考え方もあるかもしれないが、じゃあ、焼き鳥の立場はどうなる？　焼き鳥かじってる人はみっともないのか？　焼き鳥かじってる人を馬鹿にすんのか？

とはいうものの、アイスキャンデーにもいろいろあって、たとえば赤城乳業のマンガのキャラクターが大きく描かれた「ガリガリ君」が、高級レストランのデザートとして皿にのって出てくるのは確かに問題なしとしない。

では井村屋の「あずきバー」だったらどうか。

「あずきバー」は色も小豆そのもので形も小ぶり、肩のあたりを曲線にして丸みをおびさせ、アイスキャンデーとしてはなかなか品がある。

ガラスの皿にのせてミントなんかを添えて出したら粋な感じがするのではないか。

それはそれでいいが、やっぱり横に突き出た棒がねえ……という人もいると思うが、だったら棒を引き抜いちゃえばいいんじゃないの。

ぼくはやったことあるけど、あれ簡単に引き抜けるんですよ。

棒を引き抜くと、とたんにアイスキャンデーではなく、氷った和菓子の風情になる。

アイスキャンデーには先述の「ガリガリ君」「あずきバー」のほかに「アイスの実」「カラフルラムネバーソーダ」「スイカバー」「白くま」などがあるが、この中で凍結度の一番高いのが「あずきバー」である。

「あずきバー」はカチカチに氷っている。最初のうちはかなりの力で噛んでも歯が立たない。

だからぼくは「あずきバー」は他のアイスキャンデーとはちょっと違った食べ方をしている。

そして、このぼくの食べ方が「あずきバー」に最も適した食べ方であり最もおいしく食べる食べ方であると堅く信じている。

その食べ方とはこうだ。

基本方針として絶対にかじらないこと。しゃぶってしゃぶってしゃぶり通すこと。

まず「あずきバー」を口の中にしずしずと挿入する。

「あずきバー」の先っぽが丸みをおびているのは、この挿入をしやすくするためなのだ。

挿入したらしばらくじっとしていてください。カチカチの氷面が少し溶けるのを待つわけですね。

少し溶けてきたな、と思ったら棒のところを持ってスポスポスポスポと三、四回出し入れしてください。

これが気持ちいい。

たいていのアイスキャンデーは表面がツルツルと滑らかなのだが「あずきバー」だけはザラザラしている。

アイスの面もザラザラしているうえに、ところどころに突起している小豆の粒も舌にザラつく。

これが嬉《うれ》しい。

ときどきスポスポしつつ、ときどき舌に力をこめてギューーッとしゃぶっちゃってください。

しゃぶると小豆そのものの甘味、砂糖そのものの甘味、それらが入り混じった甘味がほんのちょっぴり口の中にひろがる。

その、ほんのちょっぴりが、スポスポ、ギューしゃぶを繰り返しているうちにじわじわと増えていく。

甘味もどんどん増えていく。あー、こんなに増えてきた、という実感がたまりません。

このころになると本体もかなり軟らかくなっていて、ちょっと力を加えると崩れそうな感じになるが、いいですか、絶対に嚙んではいけませんよ。

最後の最後まで、しゃぶるという基本方針を変えてはいけません。

嚙んでおいしいアイスキャンデーはほかにいくらでもあるが、しゃぶっておいしいのは「あずきバー」だけだからです。

このへんでちょっとだけでいいから嚙みたい、という誘惑はようくわかります。

ここが我慢のしどころです。

我慢してればあとできっといいことがあります。

我慢していても、何かのはずみではじっこのところがポロッと崩れてカタマリが口の中に落ちることがある。

この場合はわざとやったわけではないので、恥じることなく堂々と嚙んじゃってください。

ホーラみなさい、いいことがあったじゃありませんか。

アイスキャンデー

内館牧子

私は幼いころ、食べたくても食べさせてもらえない物が数多くあった。

父が厳しく目を光らせており、

「絶対にダメだよ。お腹をこわしたり、赤痢《せきり》という怖い病気になるからね。そしたら死んじゃうんだよ」

と言うのである。

時代は昭和二十年代の後半であり、確かに衛生事情もよくなかったとは思うが、それにしてもである。水は湯ざましを与えられ、おやつはほとんど母の手作りのお菓子というのは、文字どおり「無菌培養」である。

近所の友達はみんな、毒々しい色のジュースをゴクゴクと飲んでおり、私は羨《うらや》ましくてならなかった。当時の駄菓子屋には、赤や黄や緑色のジュースを入れた大きなガラス壺が置かれていた。五円かそこらを払うと、柄杓《ひしやく》でくみ出してコップに注いでくれる。

もちろんコップは使い捨てではない。客は店先やその周辺で飲み終え、返却するのである。誰が使ったかわからないコップは水を張ったバケツで申し訳程度にすすがれ、すぐにまた絵の具を溶かしたような色のジュースが注がれる。不潔でないわけはないが、私は一度でいいから飲んでみたいと思っていた。

もうひとつ食べたかったのは、ゴムに入ったアイスボンボンである。薄いゴムの中に極彩色のジュースを入れて凍らせたもので、丸型や瓢箪《ひようたん》型があった。ゴムの先端に吸い出し口があり、そこから中身を吸う。友達はみな、チュッチュッと音をたてて吸いつき、あげく、吸い終わったゴムまでも味わうかのように、いつまでもしゃぶっている。私は羨ましさを通り越して悲しかったものだ。

なにゆえに、父がこのように神経質なまでにいろいろな食べ物を禁じたのかというと、幼いころの私は病弱だったからである。長くは生きられまいと言われたほどで、父が固いガードを張りめぐらせたのも無理はない。小学校にあがるころにはすっかり丈夫になっていたのだが、ガードは決してゆるむ気配がなかった。

そんなある夏、私は数人の友達と陽ざかりの道路で遊んでいた。おそらく、小学校

内館牧子

一年生くらいだったと思う。道路は工事中で、私達は工事のオジサン達の仕事ぶりがおもしろく、みんなで飽かず眺めていた。

やがてオジサン達は休憩に入った。すると一人が突然、私にお金を握らせたのである。いくらだったかは忘れたが、お札だった。私は思わず手を振りほどき、後ずさりした。これまた父がいつも、

「知らない人から物をもらっちゃいけないよ。さらわれるからね」

と言っていたのである。

すると、オジサンは笑って男の子にお金を差し出し、言った。

「アイスキャンデー買ってこい。お前らにもおごってやるよ」

男の子達は飛ぶようにして店に走り、やがてアイスキャンデーを買ってきた。オジサン達の分と子供達の分で、十本もあったろうか。

真っ黒に日焼けし、真夏の太陽の下で裸の胸に汗を光らせているオジサンは、みんなにアイスキャンデーを配った。私にも一本渡してくれた。父が許さぬ食べ物である。

あのアイスキャンデーを、私は今でもよく覚えている。長い棒についており、白いカルピス色をしていた。棒についたキャンデーは、ゴム入りのボンボンよりずっと高級品で、私はその幸せが理解できないほど興奮していた。友達にとってもこんな高級品はめったに食べられないだけに、オジサン達と地面に座り、かぶりついている。が、

私は突然、

「手を洗って、おうちで食べる」

と言うが早いか、キャンデーを持ってどんどん歩き出したのである。そして、オジサン達の姿が見えなくなったとき、草むらに捨てた。

夢にまで見ていたアイスキャンデーであり、食べたところで父にバレる心配もなかったのに、ただのひと舐《な》めもせず、捨てた。

私はオカッパ頭にびっしょりと汗をかきながら、夏の道を家に向かって歩いた。たぶん、捨てたアイスキャンデーのことばかりを思い、歩いていたに違いない。

というのも、家に着くや私は母に言ったのである。工事のオジサンからアイスキャンデーを買ってもらったこと、一回も舐めずに捨てたこと、友達はみんな食べていたこと。

私の話を聞いた母は、予想だにせぬことを言った。

「そう。食べればよかったのに」

私はこの一声を聞くと同時に、家を飛び出した。そして草むらに向かって走った。キャンデーを拾って洗って食べようと、走って走って走った。

草むらに着くと、私は這《は》うようにしてキャンデーをさがした。夏の太陽は燃えさかって照りつけ、粗末な木綿の夏服を着た薄い体は、汗まみれになっていただろう。

それでも私は必死にキャンデーをさがした。母がいいと言ったのだから、一口だけでも食べたかった。

しかし、やっとさがし当てたとき、それは長い棒でしかなかった。なんら遮《さえぎ》る物のない炎暑の草むらで、甘くかぐわしい禁断の氷菓は一点の形さえとどめてはいなかったのである。

あれからどのくらいの年月の後に、私はすべての食べ物を解禁されたのか、まったく覚えていない。ただ覚えているのは、アイスキャンデーが燃えるように食べたくて、燃えるような道を走った昔だけである。

この出来事からもはや四十年以上がたち、父もすでに鬼籍に入っているというのに、あのメラメラと揺れるような太陽も、私が着ていた夏服の柄も、お金をくれたオジサンの顔も覚えている。戦後数年しか経ていない日本の、悲しいほど明るい草むらの風景もくっきりと思い出せる。

そして今、ふと思うときがある。父の頑固なまでのやり方は、私が虚弱だったということと、あの時代であればこそ成立し得たのではないだろうかと。

虚弱であったがために、父の禁止事項は「愛情」として子供心にも受け入れることができた。そして、あの時代の子供は親の言うことは守るのが普通であった。今よりも経済的に貧しい家庭も多く、アイスキャンデーに限らず、何かを我慢しなければいけない子はたくさんいた。ほかの子供と同じようにできないからといって、仲間外れにされるなどということはなかったのである。

ただ、今の世ではこうはいくまいと思う。一九九八年五月七日の朝日新聞夕刊の『窓』というコラムに、「早起きのススメ」という文章があった。

筆者は十代の男女が、深夜や未明まで遊んでいることを憂えている。そして生活スタイルを朝型にすることをすすめ、「さわやかな五月の風を浴び、街路樹のきらめきを見れば、きっと君たちの暮らしに何かが芽吹いてくる」と結んでいる。

私は読んで吹き出した。これは正論だが中年の発想だ。「さわやか」だの「きらめき」だのを失った年齢になればこそ、これらの価値がわかる。「何かが芽吹いてくる」などと力のない言葉を書かれても、十代の琴線に触れるとは思えない。

両刃《もろは》の剣《つるぎ》であることは十分に承知の上だが、「やるべき年齢のときにやるべきことをやっておく」ということは大切なのではないか。

もしも私に十代の息子がいたとして、

「ママ、僕は毎朝早く起きて、さわやかな五月の風を浴び、街路樹のきらめきを感じたいんだ。きっと、何かが芽吹いてくると思うから」

と言ったら、本気で心配する。夜更けにコンビニでたむろしてくれるほうが、まだノーマルではあるまいか。

テレビを置かずに、家族で語りあう時間を作るという話もよく聞くが、「くだらない番組」を見る時期も必要だろう。それを親が一方的に奪っていいものだろうかと思うこともある。家族で語りあうより、教室で昨夜の番組やアイドルタレントについて盛りあがるべき時期があったほうが、ずっと健全ではないのか。

遠い夏の日、もしも私が棒だけでも拾って舐めていれば、私はもっとかしこい子になれたような気もするのである。

内館牧子

アイスキャンデー売り

立原えりか

小学生のころの夏休み、午後三時になるとアイスキャンデー売りがやってきました。空き地の木かげに自転車をとめて、ちりんちりんと鐘を鳴らすのがアイスキャンデー売りがきた合図です。アイスキャンデーをつめこんだ箱をくくりつけた自転車にのってくるのは四十か五十くらいの女の人でした。

ひとしきり鐘を鳴らすと、女の人はしゃがみこんでお客を待ちます。三十年以上も前のことで、小学生たちの夏休みはずいぶんと質素でした。プールにも海にも旅行にも、めったに行かれないし、クーラーを備えている家もまれだったのです。うだってしまいそうに暑い午後のひととき、アイスキャンデーをなめるのは大きな楽しみで、子どもたちはおかねをにぎりしめて空き地にかけつけました。

「ひとつください」「三つください」と言われるたびに、女の人は白い箱からアイスキャンデーをとりだします。キャンデーは白とブルーとピンクで、むきだしのままでした。三色のそれぞれが、ちがう味だったのかどうかはわかりません。つめたいものを食べるとたちまちおなかをこわす子どもだったせいで、私はアイスキャンデー売りのお客にはなれなかったのです。

おいしいだろうな、食べてみたいな、と思いながら、遠くに立って、魔法のたべもののようにきれいなアイスキャンデーを眺めました。おこづかいを持ちだしてこっそりと買うこともできましたが、夕方になればおなかが痛くなって母に叱られるにきまっています。

アイスキャンデー売りは、指をくわえて見ている私には気づかずに、白とブルーとピンクのかたまりを売りました。キャンデーを渡すときもおかねを受けとるときも、だまったきりです。麦わら帽子の下で、女の人の顔は無表情でした。

お客がいなくなると、女の人はもう一度箱をあけて、白とブルーとピンクのアイスキャンデーをひとつずつとりだします。三つのアイスキャンデーを、きちんと並べて地面におき、となりにしゃがみこんで、しばらくじっとしていたあとで、女の人は立ち去りました。

「どうしてあんなところに、アイスキャンデーをおいておくのかしら。アリのえさになって、とけてしまうだけなのに……」

アイスキャンデー売りのふしぎな動作に気づいたのは私だけではありません。ともだちはみんな、毎日かならず地面におかれる三つのアイスキャンデーのことを知っていました。

売れのこりを捨てているのだとか、女の人は少しばかり頭がおかしいのだとか、言い合っていた子どもたちに、真相を話してくれたのは近所のおばあさんでした。アイスキャンデー売りは空襲で、三人の子どもをなくしたのです。焼け死んだ小さい人たちがいた場所に、毎日キャンデーを供えているのでした。

「ここに、ゆうれいがでるぞ。子どものゆうれいが三人でてきて、アイスキャンデーをたべるんだ」

小学生たちは言って、ゆうれいごっこが始まりました。ゆうれいがでる、ゆうれいがでるとくりかえしながら、木のまわりをまわるのです。単純すぎて、遊びともよべないようなものでしたが、ゆうれいのまねをしてぐるぐるまわりながら、思いつくかぎりのこわい顔をして見せるのが面白く、しばらくのあいだ、みんなが熱中しました。

ある日、ゆうれいごっこの最中に、アイスキャンデー売りがやってきました。

「アイスキャンデーのおばさんの、子どものゆうれい……アイスキャンデーをたべるぞ」

三人の子どもの、ゆうれいのふりをしていた小学生たちは、自転車がとまると立ちすくみました。亡くなった人をおもちゃにしてはいけないと、心のどこかしらで考えたのかもしれません。叱られるのをかくごして、しんとしている小学生たちに向かって、女の人が言いました。

「ゆうれいになって、会いにきてくれるといいんだけどね」

それっきり、誰も、何も言いませんでした。

夏休みがおわると、アイスキャンデー売りはこなくなり、白とブルーとピンクのアイスキャンデーも姿を消しました。次の年もその次の年も、合図の鐘はきこえませんでした。小学生だった私はアイスキャンデー売りと同じくらいにとしをとり、戦争があったことやバクダンで吹きとばされた子どもたちがいたことを忘れかけています。

「いったいどんな味がしたのだろうか、あのアイスキャンデー……。おなかが痛くなってもいいから、たべておけばよかった」

暑い日にめぐりあうたびにそう思います。おいしく作られて、清潔にパックされたアイスキャンデーは、立派なアイスボックスにつめこまれていて、いつでも買えます。ちりんちりんと鐘を鳴らしながら、心のいたみをおさえていたにちがいない女の人に、小学生たちが出会うことも、もうないでしょう。

八月某日　晴

川上弘美

吉祥寺で飲み会。

都心ではなく、地元なので、うきうきしている。

六人でたっぷり飲んだ後、夜の道を散歩する。一人が「アイス、食べたい」と言うので、おいしいガリガリ君を売っている店に案内する。道をちょっと入ったところにある、コンビニエンスストアである。

三人がガリガリ君ソーダ、あとの三人はガリガリ君コーラを買い、これもわたしが案内した、民家の庭先（道に面して開けているので、どんどん入ってゆける）に座りこんで、かじる。

このへんのガリガリ君て、僕の方のガリガリ君と違う味がするなあ。一人が言うと、みんなが口々に「違うね」「ほんとにちがうよ」と賛成する。
誇らしい気分になって、暗闇の中、ガリガリ君の棒をぎゅっと握りしめる。

川上弘美

著者略歴

◎しろくま綺譚『アイム・ファイン!』小学館文庫より

浅田次郎　あさだじろう

一九五一年、東京生まれ。小説家。『鉄道員《ぽっぽや》』で直木賞、『壬生義士伝』で柴田錬三郎賞、『お腹召しませ』で中央公論文芸賞・司馬遼太郎賞、『中原の虹』で吉川英治文学賞、『終わらざる夏』で毎日出版文化賞受賞。

◎正しい氷水『オレって老人?』みやび出版より

南伸坊　みなみしんぼう

一九四七年、東京生まれ。イラストレーター、装丁家、エッセイスト。赤瀬川原平氏に師事。デザイナーを経て『ガロ』の編集長として一時代を築いた。おもな著作に『笑う写真』『本人の人々』など。

◎氷を探して何百里『いずれ我が身も』中公文庫より

色川武大　いろかわたけひろ

一九二九年、東京生まれ。小説家、随筆家。『怪しい来客簿』で泉鏡花文学賞、『離婚』で直木賞、『狂人日記』で読売文学賞受賞。その他おもな著作に阿佐田哲也名義の『麻雀放浪記』など。一九八九年没。

◎マンゴープリンの放浪者『馳星周の喰人魂』中央公論新社より

馳星周　はせせいしゅう

一九六五年、北海道生まれ。小説家、評論家。『不夜城』で吉川英治文学新人賞、『鎮魂歌―不夜城Ⅱ』で日本推理作家協会賞受賞。その他おもな著作に『夜光虫』『M』『約束の地で』など。

◎三口の快楽『グダグダの種』だいわ文庫より

阿川佐和子　あがわさわこ

一九五三年、東京生まれ。小説家、エッセイスト。檀ふみ氏との共著『ああ言えばこう食う』で講談社エッセイ賞、『ウメ子』で坪田譲治文学賞受賞。その他おもな著作に『婚約のあとで』『聞く力』など。

◎スイカシェイクとひろみちゃん『都の子』集英社文庫より

江國香織　えくにかおり

一九六四年、東京生まれ。小説家、翻訳家、詩人。『泳ぐのに、安全でも適切でもありません』で山本周五郎賞、『号泣する準備はできていた』で直木賞受賞。その他おもな著作に『落下する夕方』『神様のボート』『間宮兄弟』など。

◎アイスクリームソーダ『食べちゃえ！　食べちゃお！』幻冬舎文庫より

野中柊　のなかひいらぎ

一九六四年、新潟生まれ。小説家。『ヨモギ・アイス』で海燕新人文学賞を受賞し、デビュー。おもな著作に『小春日和』『きみの歌が聞きたい』『祝福』『マルシェ・アンジュール』『昼咲月見草』、童話『パンダのポンポン』シリーズなど。

◎ヴィレッジのアイスクリーム『いつも夢中になったり飽きてしまったり』ちくま文庫より

植草甚一　うえくさじんいち

一九〇八年、東京生まれ。文学、ジャズ、映画評論家。『ミステリの原稿は夜中に徹夜で書こう』で日本推理作家協会賞受賞。おもな著作に『ぼくは散歩と雑学がすき』『ワンダー植草・甚一ランド』『雨降りだからミステリーでも勉強しよう』など。一九七九年没。

◎パリのアイスクリーム『私の小さなたからもの』河出書房新社より

石井好子　いしいよしこ

一九二二年、東京生まれ。シャンソン歌手、エッセイスト。『巴里の空の下オムレツのにおいは流れる』で日本エッセイスト・クラブ賞受賞。その他おもな著作に『東京の空の下オムレツのにおいは流れる』『パリ仕込みお料理ノート』『私は私』など。二〇一〇年没。

◎クリーム・ソーダとアイス・コーヒー――銀座〔清月堂ライクス〕『むかしの味』新潮文庫より

池波正太郎　いけなみしょうたろう

一九二三年、東京生まれ。小説家、劇作家。『錯乱』で直木賞受賞。その他おもな著作に『鬼平犯科帳』『剣客商売』『仕掛人・藤枝梅安』の各シリーズ、『食卓の情景』『散歩のとき何か食べたくなって』など。一九九〇年没。

◎アイスクリーム『縁起のいい客』文春文庫より

吉村昭　よしむらあきら

一九二七年、東京生まれ。小説家、ノンフィクション作家。『星への旅』で太宰治賞、『ふぉん・しいほるとの娘』で吉川英治文学賞受賞。その他おもな著作に『戦艦武蔵』『関東大震災』『ポーツマスの旗』『桜田門外ノ変』など。二〇〇六年没。

◎涼しき味（抄）『獅子文六全集　別巻』朝日新聞社より

獅子文六　ししぶんろく

一八九三年、神奈川生まれ。小説家、演出家、劇団文学座創設者のひとり。『海軍』で朝日文化賞受賞。『娘と私』『てんやわんや』など多くが映像化された。食通としても知られ『食味歳時記』『飲み・食い・書く』などの随筆がある。一九六九年没。

◎やさしいアイスクリーム『強権と抵抗』岩波書店より

鎌田慧　かまたさとし

一九三八年、青森生まれ。ジャーナリスト、ルポライター。『反骨―鈴木東民の生涯』で新田次郎文学賞、『六ヶ所村の記録』で毎日出版文化賞受賞。その他おもな著作に『自動車絶望工場』『怒りの臨界』『反骨のジャーナリスト』など。

◎アイスクリーム『インク壺』暮しの手帖社より

増田れい子　ますだれいこ

一九二九年、東京生まれ。ジャーナリスト、エッセイスト。おもな著作に『しあわせな食卓』『インク壺』『沼の上の家』『母　住井すゑ』『心のコートを脱ぎ捨てて』など。二〇一二年没。

◎チョコレートとパイナップル『食い物を粗末にするな』講談社＋α新書より

立川談志　たてかわだんし

一九三六年、東京生まれ。落語家。十八歳で二つ目、二十七歳で真打ちとなり、五代目立川談志を襲名。おもな著作に『現代落語論』『談志人生全集』『新釈落語咄』など。二〇一一年没。

◎アイスクリーム『久保田万太郎全集　第十一巻』中央公論社より

久保田万太郎　くぼたまんたろう

一八八九年、東京生まれ。俳人、小説家、劇作家。文学座旗揚げにかかわり多くの戯曲を残した。『三の酉』で読売文学賞受賞。その他おもな著作に『露芝』『春泥』など。一九六三年没。

◎冬のアイスクリーム『猫のつもりが虎』文春文庫より

丸谷才一　まるやさいいち

一九二五年、山形生まれ。小説家、文芸評論家、随筆家。『年の残り』で芥川賞、『輝く日の宮』で泉鏡花文学賞、ジェイムズ・ジョイス著『若い藝術家の肖像』改訳で読売文学賞受賞。その他おもな著作に『たった一人の反乱』『忠臣蔵とは何か』『樹影譚』など。二〇一二年没。

◎アイスクリンの味　『あまカラ』甘辛社より

戸川幸夫　とがわゆきお

一九一二年、佐賀生まれ。小説家、児童文学作家。日本動物文学の草分けとして知られる。『高安犬物語』で直木賞、『子どものための動物物語』で産経児童出版文化賞受賞。『戸川幸夫動物文学全集』で芸術選奨文部大臣賞受賞。その他おもな著作に『牙王物語』『野生への旅』など。二〇〇四年没。

◎氷水　『変痴気論』中公文庫より

山本夏彦　やまもとなつひこ

一九一五年、東京生まれ。随筆家、編集者。『無想庵物語』で読売文学賞受賞。インテリア専門誌『室内』発行人。「夏彦の写真コラム」「笑わぬでもなし」などの連載コラムで知られる。その他おもな著作に『日常茶飯事』『死ぬの大好き』『完本　文語文』など。二〇〇二年没。

◎「カルピスつくって！」『昭和育ちのおいしい記憶』筑摩書房より

阿古真理　あこまり

一九六八年、兵庫生まれ。作家、生活史研究家。おもな著作に『うちのご飯の60年―祖母・母・娘の食卓』『昭和の洋食平成のカフェ飯―家庭料理の80年』『「和食」って何？』『小林カツ代と栗原はるみ―料理研究家とその時代』など。

◎清涼飲料　『ロッパの悲食記』ちくま文庫より

古川緑波　ふるかわろっぱ

一九〇三年、東京生まれ。喜劇役者、随筆家。喜劇役者として一時代を築く一方で、映画や食に関する著作を残した。おもな著作に『ロッパ食談』『あちゃらか人生』など。一九六一年没。

◎アメ湯追憶―律義なソ連のアイスクリーム屋　『王様と召使い』旺文社文庫より

檀一雄　だんかずお

一九一二年、山梨生まれ。小説家、随筆家。『真説石川五右衛門』で直木賞、『火宅の人』で読売文学賞、日本文学大賞受賞。その他おもな著作に『リツ子・その愛』『夕日と拳銃』など。一九七六年没。

◎真夏の冷やし飴　『今ごはん、昔ごはん』ポプラ社より

松井今朝子　まついけさこ

一九五三年、京都生まれ。『仲蔵狂乱』で時代小説大賞、『吉原手引草』で直木賞受賞。その他おもな著作に『幕末あどれさん』『円朝の女』『壺中の回廊』など。

◎盛夏の麦茶　『狐狸庵食道楽』河出文庫より

遠藤周作　えんどうしゅうさく

一九二三年、東京生まれ。小説家、評論家。『白い

人』で芥川賞、『海と毒薬』で新潮社文学賞、毎日出版文化賞、『沈黙』で谷崎潤一郎賞受賞。その他おもな作品に『イエスの生涯』『男の一生』などのほか『ぐうたら人間学』などのエッセイでも知られる。一九九六年没。

◎おらんくの『店』『にこにこ貧乏』文春文庫より

山本一力　やまもといちりき

一九四八年、高知生まれ。小説家。『蒼龍』でオール讀物新人賞受賞。『あかね空』で直木賞受賞。その他おもな著作に『いっぽん桜』『おらんくの池』『桑港特急』『ジョン・マン』など。

◎目秤り手秤り『わたしの台所』光文社文庫より

沢村貞子　さわむらさだこ

一九〇八年、東京生まれ。女優、随筆家。新築地劇団を経て日活へ入社。「赤線地帯」、「駅前シリーズ」など映画やテレビにおいて欠くことのできない存在感を示した。『私の浅草』で日本エッセイスト・クラブ賞受賞。その他おもな著作に『貝のうた』『寄り添って老後』『老いの楽しみ』など。一九九六年没。

◎みつまめ—そこはかとなく年の違う妹のような思い。『天丼はまぐり鮨ぎょうざ—味なおすそわけ』幻戯書房より

池部良　いけべりょう

一九一八年、東京生まれ。俳優、随筆家。監督を目指して東宝に入社後、俳優に転身。「青い山脈」などの青春映画から「昭和残侠伝」シリーズまで幅広く活躍。『そよ風ときにはつむじ風』で日本文芸大賞受賞。その他おもな著作に『ハルマヘラ・メモリー』『風が吹いたら』など。二〇一〇年没。

◎蜜豆の食べ方『吉行淳之介全集　第十四巻』新潮社より

吉行淳之介　よしゆきじゅんのすけ

一九二四年岡山生まれ。小説家。『驟雨』で芥川賞、『暗室』で谷崎潤一郎賞、『鞄の中身』で読売文学賞、『夕暮まで』で野間文芸賞受賞。その他おもな著作に『原色の街』『不意の出来事』など。対談や随筆にも多くのファンを持つ。一九九四年没。

◎くだもの『幸田文全集　第十四巻』岩波書店より

幸田文　こうだあや

一九〇四年、東京生まれ。随筆家、小説家。『流れる』で新潮社文学賞、日本芸術院賞、『黒い裾』で読売文学賞、『闘』で女流文学賞受賞。その他おもな著作に『父—その死』『みそっかす』『台所のおと』など。一九九〇年没。

◎水羊羹『向田邦子全集　新版　第六巻』文藝春秋より

向田邦子　むこうだくにこ

一九二九年東京生まれ。脚本家、作家。「花の名前」

などで直木賞受賞。代表作に「だいこんの花」「寺内貫太郎一家」「阿修羅のごとく」など。おもな著作に『父の詫び状』『思い出トランプ』など。一九八一年没。

◎ところてん『むかし卓袱台があったころ』ちくま文庫より

久世光彦　くぜてるひこ

一九三五年、東京生まれ。演出家、プロデューサー、小説家。演出家としての代表作に「寺内貫太郎一家」「時間ですよ」「センセイの鞄」など。『蝶とヒットラー』でBunkamuraドゥマゴ文学賞、『一九三四年冬―乱歩』で山本周五郎賞、『蕭々館日録』で泉鏡花文学賞受賞。その他おもな著作に『昭和幻燈館』『死のある風景』など。二〇〇六年没。

◎心太『四十きょろきょろ』中公文庫より

出久根達郎　でくねたつろう

一九四四年、茨城生まれ。小説家。古書店を営むかたわら文筆家としてデビュー。『本のお口よごしですが』で講談社エッセイ賞、『佃島ふたり書房』で直木賞受賞。その他おもな著作に『古本綺譚』『おんな飛脚人』『御書物同心日記』『古本供養』など。

◎ところてん『食べ物連載　くいいじ』文春文庫より

安野モヨコ　あんのもよこ

一九七一年、東京生まれ。漫画家、エッセイスト。『シュガシュガルーン』で講談社漫画賞児童部門受賞。おもな漫画作品に『ハッピー・マニア』『さくらん』『働きマン』『監督不行届』『オチビサン』、エッセイに『美人画報』など。

◎葛の恋『またたび』集英社より

伊藤比呂美　いとうひろみ

一九五五年、東京生まれ。詩人。『ラニーニャ』で野間文芸新人賞、『とげ抜き新巣鴨地蔵縁起』で萩原朔太郎賞・紫式部文学賞受賞。その他おもな著作に『良いおっぱい悪いおっぱい』『家族アート』『伊藤ふきげん製作所』『閉経記』など。

◎ゼリー『快楽は重箱のスミに』幻冬舎文庫より

酒井順子　さかいじゅんこ

一九六六年、東京生まれ。エッセイスト。『負け犬の遠吠え』で講談社エッセイ賞、婦人公論文芸賞受賞。その他おもな著作に『もう、忘れたの?』『ユーミンの罪』『地震と独身』など。

◎昭和のゼリー『オヤジの細道』講談社文庫より

重松清　しげまつきよし

一九六三年、岡山生まれ。小説家。『ナイフ』で坪田譲治文学賞、『エイジ』で山本周五郎賞、『ビタミンF』で直木賞、『十字架』で吉川英治文学賞、『ゼツメツ少年』で毎日出版文化賞受賞。その他おもな著作に『定年ゴジラ』『流星ワゴン』など。

◎木星に似た、あの『ユリイカ』2011年9月号　青土社より

朝吹真理子　あさぶきまりこ

一九八四年、東京生まれ。小説家。『流跡』でBunkamuraドゥマゴ文学賞、『きことわ』で芥川賞受賞。

◎「あずきバー」をアイス『ホルモン焼きの丸かじり』文春文庫より

東海林さだお　しょうじさだお

一九三七年、東京生まれ。漫画家、エッセイスト。『タンマ君』『新漫画文学全集』で文藝春秋漫画賞、『ブタの丸かじり』で講談社エッセイ賞受賞。長期連載の食エッセイ「丸かじりシリーズ」が大人気。その他おもな漫画作品に『サラリーマン専科』『アサッテ君』など。

◎アイスキャンデー『きょうもいい塩梅』文春文庫より

内館牧子　うちだてまきこ

一九四八年、秋田生まれ。脚本家、小説家。代表作に「ひらり」「都合のいい女」「毛利元就」。おもな著作に『女はなぜ土俵にあがれないのか』『十二単衣を着た悪魔　源氏物語異聞』『カネを積まれても使いたくない日本語』など。

◎アイスキャンデー売り『おやじの値段　'87年版ベスト・エッセイ集』文春文庫より

立原えりか　たちはらえりか

一九三七年、東京生まれ。童話作家。『人魚のくつ』でデビュー以来、ファンタジーあふれる作風で大人をも魅了。おもな著作に『木馬がのった白い船』『でかでか人とちびちび人』など。

◎八月某日　晴『東京日記2　ほかに踊りを知らない。』平凡社より

川上弘美　かわかみひろみ

一九五八年、東京生まれ。小説家。『蛇を踏む』で芥川賞、『神様』で紫式部文学賞、『溺レる』で伊藤整文学賞、女流文学賞、『センセイの鞄』で谷崎潤一郎賞受賞。その他おもな著作に『風花』『晴れたり曇ったり』など。

◉編集部より

本書は、著者による改稿とルビを除き、底本に忠実に収録しております。収録作品のなかには、一部に今日の社会的規範に照らせば差別的表現あるいは差別的表現ととらえられかねない箇所が見られますが、作品全体として差別を助長するようなものではないこと、著者が故人であるため改稿ができないことから、原文のまとしました。

おいしい文藝《ぶんげい》

ひんやりと、甘味《かんみ》

二〇一五年七月三〇日　初版発行
二〇一九年六月三〇日　2刷発行

著者
阿川佐和子《あがわさわこ》、阿古真理《あこまり》、浅田次郎《あさだじろう》、朝吹真理子《あさぶきまりこ》、
安野《あんの》モヨコ、池波正太郎《いけなみしょうたろう》、池部良《いけべりょう》、石井好子《いしいよしこ》、
伊藤比呂美《いとうひろみ》、色川武大《いろかわたけひろ》、植草甚一《うえくさじんいち》、内館牧子《うちだてまきこ》、
江國香織《えくにかおり》、遠藤周作《えんどうしゅうさく》、鎌田慧《かまたさとし》、川上弘美《かわかみひろみ》、久世光彦《くぜてるひこ》、
久保田万太郎《くぼたまんたろう》、幸田文《こうだあや》、酒井順子《さかいじゅんこ》、沢村貞子《さわむらさだこ》、
重松清《しげまつきよし》、獅子文六《ししぶんろく》、東海林《しょうじ》さだお、立原《たちはら》えりか、
立川談志《たてかわだんし》、檀一雄《だんかずお》、出久根達郎《でくねたつろう》、戸川幸夫《とがわゆきお》、野中柊《のなかひいらぎ》、
馳星周《はせせいしゅう》、古川緑波《ふるかわろっぱ》、増田《ますだ》れい子、松井今朝子《まついけさこ》、
丸谷才一《まるやさいいち》、南伸坊《みなみしんぼう》、向田邦子《むこうだくにこ》、山本一力《やまもといちりき》、
山本夏彦《やまもとなつひこ》、吉村昭《よしむらあきら》、吉行淳之介《よしゆきじゅんのすけ》

編者　杉田淳子、武藤正人（go passion）
発行者　小野寺優
発行所　株式会社河出書房新社
〒一五一－〇〇五一
東京都渋谷区千駄ヶ谷二－三二－二
〇三－三四〇四－一二〇一［営業］
〇三－三四〇四－八六一一［編集］
http://www.kawade.co.jp/
印刷　株式会社暁印刷
製本　加藤製本株式会社

ISBN 978-4-309-02391-5　Printed in Japan

河出書房新社　好評既刊

おいしい文藝

ぷくぷく、お肉

赤瀬川原平／阿川佐和子／開高健／川上未映子／東海林さだお／町田康／向田邦子ほか

三十二篇の肉にまつわる名随筆

ずるずる、ラーメン

角田光代／川本三郎／久住昌之／椎名誠／島本理生／宮沢章夫／吉本隆明ほか

三十二篇のラーメンのおいしいお話

つやつや、ごはん

嵐山光三郎／安野モヨコ／池澤夏樹／内田百閒／出久根達郎／東直子／平松洋子ほか

ごはん、米、飯についてのうまい三十九篇！

ぐつぐつ、お鍋

池内紀／池波正太郎／江國香織／川上弘美／坂口安吾／沢村貞子／柴崎友香ほか

身もこころも温まる三十七篇のお鍋エッセイ

ぱっちり、朝ごはん

井上荒野／色川武大／河野裕子／小林聡美／佐野洋子／万城目学／吉村昭ほか

ヨソは何を食べているの？